MEIZI

暗 香

丁立梅 著

图书在版编目（CIP）数据

暗香 / 丁立梅著. -- 北京：西苑出版社有限公司，2025. 2. -- ISBN 978-7-5151-0924-4

I. I267

中国国家版本馆CIP数据核字第202431EU78号

暗 香
AN XIANG

作　　者	丁立梅
项目统筹	许　姗　汪昊宇　肖毓鑫
责任编辑	汪昊宇
责任校对	方宇荣
责任印制	李仕杰
开　　本	680毫米×940毫米　1/16
印　　张	15.75
字　　数	218千字
版　　次	2025年2月第1版
印　　次	2025年2月第1次印刷
印　　刷	小森印刷（北京）有限公司
书　　号	ISBN 978-7-5151-0924-4
定　　价	39.80元

出版发行	西苑出版社有限公司
	北京市朝阳区利泽东二路3号　邮编：100102
发 行 部	(010) 84254364
编 辑 部	(010) 64214534
总 编 室	(010) 88636419
电子邮箱	xiyuanpub@163.com
法律顾问	北京植德律师事务所　17600603461

序言 草木有本心

喜欢一切的花草树木。

我以为，所有的草木，都长着一颗玲珑心，天真无邪，纯洁善良。

没有草木是丑陋的。如同青春美少女，不用梳妆打扮，一颦一笑，散发的都是年轻的气息，清新迷人，无可匹敌。

草木从不化妆。所以花红草绿，都是本色。我们常说亲近自然，其实就是亲近草木。我们噼里啪啦跑过去，看见一棵几百年的老树要惊叫，看见满田的油菜花要惊叫，看见芳草茵茵要惊叫。草木却不惊不乍，活着它们本来的样子。

草木也从不背叛远离。你走，草木不走。你遗忘的，草木都给你记着呢。废弃的断壁残垣上，草在长。游子归家，昔日的村庄已成陌生，他找不到曾经的家了。一转身，却望见从前的那棵老槐树，还长在河畔。还是满树的青绿，树丫上，依旧蹲着一只大大的喜鹊窝。天蓝云白，都是昔日啊。他的泪，在那一刻落下。走远的记忆，都走了回来，他童年的笑声，仿佛还在树下回荡，丁丁当当，丁丁当当。感谢草木！让人的灵魂找到归宿。

每一棵草都会说话。它说给大地听。说给昆虫听。说给露珠听。说给小鸟听。说给阳光听。喁喁，喁喁。季节的轮转，原是听了草的话。草绿，春来。草枯，冬至。

每一朵花都在微笑。一瓣一瓣，都是它笑的纹，眉睫飞扬。对着一朵花看久了，你会不自觉微笑起来，心中再多的阴霾，也消失殆尽。这世上，还有什么坎不能迈过去呢？笑也是一天，哭也是一天。不如向一朵花学习，日子笑着过。

新扩建的路旁，秋天移来一排的樟树。可能是为了好运输，所有的树，一律给削去了头。看过去，都光秃秃的一截站着，像断臂的人，叫人心疼。春天，那些树干顶上，却冒出一枚一枚的绿来，团团的，像歇着一群翠绿的小鸟，叽叽喳喳，无限生机。

草木的顽强，人学不来。所以，我敬畏一切草木。

出门旅游，异乡的天空下，意外重逢到一片蓝色的小花。那是一种叫婆婆纳的草，在我的故乡最常见。相隔千万里，它居然也来了。天地有多大，草木就走多远。海的胸怀天空的胸怀，都不及草木的胸怀，它把所有有泥土的地方，都当作故乡。

"草木有本心，何求美人折。"是啊，草木不伪不装，自然天成，大美不言。

目 录

第一辑 满庭芳

水沉为骨玉为肌 …002
任性的水仙 …004
宝盖草 …006
二月兰 …008
像菜花一样幸福地燃烧 …010
花间小令 …012
有美一朵,向晚生香 …016
结香年年 …018
紫粉笔含尖火焰 …020
满架蔷薇一院香 …023
绣球花 …025

相见欢 …027
暗香 …030
茉莉香 …032
看荷 …034
一一风荷举 …036
大丽花 …038
一似美人春睡起 …040
祖母的葵花 …042
一树一树紫薇花 …044
费尽心思染作工 …047
旱莲草 …049

丁香花开 …051

人与花心各自香 …053

染教世界都香 …055

闻香 …057

菊事 …059

华丽缘 …061

富贵竹 …063

一梢堪满盘 …065

才有梅花便不同 …067

花都开好了 …069

第二辑 四时好

初春 …072

醉春风 …074

被春恼 …077

看春 …080

相逢又一春 …082

打春 …084

每一寸时光，原都是缤纷的 …086

一代一代的春天 …088

五月 …090

夏夜 …092

听蛙 …094

天上的云朵，地上的小孩 …096

秋　意 …098

叶子的狂欢 …100

仲秋小令 …102

秋天的风 …104

秋天的滩涂 …106

阳光的味道 …108

雪白的雪 …110

岁末小记 …113

折得一两枝蜡梅 …115

第三辑 风入松

母　亲 …118

老裁缝 …123

铜锁表弟 …126

棉花的花 …130

白日光 …133

萍 …138

细小不可怜 …142

吹芦笛的二小 …145

棉花匠的爱情 …147

幸福的中草药 …149

iii

第四辑 点绛唇

霜后的青菜 …152

青菜的天下 ……154

萝卜相会 …156

良家莴苣 …158

平民菠菜 …160

买一把葱回家 …162

百朵千朵丝瓜花 …164

念念樱桃 …166

我的什锦月饼 …168

牛皮纸包着的月饼 …170

左手月饼，右手莲藕 …172

白山芋，黄山芋 …174

豌菜头 …176

爆米花 …178

冷锅饼 …180

家乡的年糕 …182

竹叶茶 …184

吃　茶 …186

一把桑葚 …189

荠菜卿卿 …191

舌尖上的思念 …193

第五辑 清平乐

走亲戚 …196

采一把艾蒿回家 …200

端午 …202

焦雪 …204

挂在墙上的蒲扇 …206

天水 …208

晒秋 …211

白棉花一样的阳光 …213

棉被里的日子 …215

鸟窝·菊花 …217

稻草人 …219

那些远去的农具 …221

冬日即景 …224

槐树和喜鹊 …226

糖担子 …228

田螺变成的小姑娘 …231

掸尘 …233

乡下的年 …235

第一辑

满庭芳

我要用心记住身边的每一棵树，每一朵花，每一个人，每一场遇见。生命的本真和美好，就藏在这一场一场的遇见中。

水沉为骨玉为肌

街上的花店里，有水仙球卖的时候，我买了两个。

家里有两只很漂亮的水仙花盆，田螺形状，青釉的，古典得很。这是一个友人从陕西给我带回来的。陕西多古董，我便认定了这两只花盆也是古董。每年的冬天，我都会买了水仙来陪它们。只需一泓清水，装上水仙，两只"田螺"便立时鲜活灵动起来。

看水仙在"田螺"的背上生长，是件十分有趣的事。眼看着从它白色的鳞根处，冒出一点一点的嫩黄。心里面知道，那是长叶了。把它搁窗台上，那儿是阳光最为充足的地方。每日里，我时不时地跑过去看看。阳光下，它嫩黄的芽上，已泛出一汪淡绿来。渐渐地，抽叶了。渐渐地，叶片丰满起来。三五日之后，我在它丰满的叶片间，居然寻到了花苞苞。它是什么时候打苞苞的呢？不知。生命的成长，总是在不知不觉中完成的，让人惊叹。

我数了数，一盆里有花苞苞四个，一盆里有五个。它们起初不过绿豆儿大小，像极了爱玩捉迷藏的孩子，躲在叶片下，躲过我们的视线，一个人低了头在那儿咪咪笑。后来，"绿豆儿"一点一点膨胀，鼓鼓的，像怀了孕的妇人。里面的孩子迫不及待要出来，撑不住了，就快撑不住了。

这之后的一天，我晚下班，刚刚推开家门，冷不防的，就被馨香抱了个满怀。我连忙跑去窗台边，两只"田螺"里的水仙，已全然绽放。花朵紧挨着花朵，气息甜美。它们粉着一张小脸蛋，翠衣翠裙，于凌波之上曼妙。

我的脑中不由得跳出黄庭坚夸它的话："借水开花自一奇，水沉为骨玉为肌。"果真是水沉为骨玉为肌啊！柔嫩的花瓣，恰如水做的骨肉、玉雕的肌肤。凝视的眼神一醉再醉，索性把它捧至床头，睡里梦里，便都是它的香了。

看过有关水仙的西方传说，说水仙是由一孤芳自赏的少年变的。少年生得英俊飘逸，他非常爱惜自己的容貌，常常临水自照，把自己当花一样欣赏。一天，他又在河边揽水自照，却不幸溺水身亡。他死后，魂魄不肯离去，遂变成水仙。

我喜欢这个传说，少年终于圆了他的梦。从此，他的美与水共存。

然水仙又不单单在水里面才能生长。一次，在一家花店，我看到许多水仙被装在泥盆里，妍妍而开，模样娇憨得很。仿佛仙子落凡尘，别有一番风韵。问及，说是把开过的水仙，连根埋到土里，来年的这个时节，它会重新长出来。

回家，半信半疑地，把开过的水仙，埋到屋角后。一年的时间，早已淡忘了这样的事，根本就没留意过，那屋角后的泥土里，原是埋着水仙的魂的。某天下班归来，鼻翼处突然绕了馨香，缕缕不绝，在冷而湿的空气里飘拂。

寻去，屋角处，不知何时，水仙已亭亭。像邻家的小女孩，于不经意间，就长成一个窈窕的大姑娘了。

任性的水仙

每年冬天，我都会去街上，买上一两盆的水仙回来长。这几成惯例。

倘若哪一年忘了买，心里会极不踏实，总觉得家里少了点什么。即便是到了年脚下，也还是要专门跑出去一趟买。满街的水仙都长高了，都打花苞苞了，有好多的都盛开了。花贩数着花朵卖。看，这棵上有五朵花苞，这棵上有六朵花苞。你真会挑，这么多花苞苞啊，搁家里，开起来多香哪。一朵三块钱，三五一十五，三六一十八，啊，算便宜点给你吧，两棵你就给三十块钱好了。花贩舌灿若莲。

我持着花，犹豫着，都长这么高了！都长这么高了！心里惋惜着。

我其实，更想买到水仙花球，回来慢慢长。

水仙花球很像一个谜。不，不，它就是一个谜。你根本不知道它紧裹着的小身体内，到底藏着几朵花的梦。你把它养在一杯水里。装它的容器是不择的，用碗、用纸杯、用罐头瓶子，它都能很快驻扎下来，随遇而安，苦乐自知。

然后，你基本上不用管它了，任它自个儿倒腾着去吧。记起它的时候，就去看看它，你也总能碰到小欢喜。昨天看时，它冒出两棵小芽芽了。今天再去看时，它已抽长出枝叶。枝叶也就开始疯了般地长，越长越密，越长越肥，越长越高。它走过它的童年、少年，直奔着花样年华而去。

花骨朵是什么时候打的？那完全是在你的眼皮子底下，偷偷进行着的，你竟说不清。等你发现时，肥绿的枝叶下，翡翠珠儿似的花苞苞，已在一眨一眨地看着你。这也没什么可遗憾的，唯有这说不清，才叫人惊喜吧。是不请不约的意外相遇。

到这个时候，我以为，水仙已度过它最好的前半生。接下来，毫无悬念可言了，每朵花苞苞，都会怒放，都会香得透心透肺、淋漓尽致。

它香起来的时候，我就有些忧愁了，是美人迟暮，想留也留不住。好在还有来年可等，来年，它又是好花一朵朵，开遍寻常百姓家。

以前我在乡下小镇生活，认识一个老中医，他特爱长水仙。每年冬天，他家堂屋的条几上，一溜排开的，全是水仙花，足足有十多盆。他的水仙长得特别，像专门挑拣过似的，不高不矮，不胖不瘦，有型有款。葱绿的枝叶，托起小花三五朵，幽幽吐香，脉脉含情，真正是当得了诗里面夸的"凌波仙子生尘袜，水上轻盈步微月"。

问他讨过经验。他说，水要适度，阳光要适度，营养要适度。这"适度"，不是人人都能掌控的。我家的水仙，也便还是由着它的性子长了，乱蓬蓬的一堆叶，乱蓬蓬的一团香，失了仙气，倒像一率真任性的乡下疯丫头。这样也好，它保持了它最原始的本真。

宝盖草

宝盖草为什么叫宝盖草呢？好奇怪的。

我小时就对此百思不得其解着。它喜欢长在地沟旁、田埂边。我坐在田埂上，伸出小指头，对着它的一点红，点下去。它弹跳一下，又挺直身子，顶着那一点红，不动声色看着我。我再点下去，它再弹跳起来。我们就这么玩着，不厌其烦地，能玩上大半天。

它的样子好看。一枝茎撑着，叶片子一圈儿一圈儿地缀着，每一圈都有八九片叶子到十几片不等，参差着。一圈与一圈之间，隔着一定的距离。它就这样一层一层地、一圈一圈地码上去，每一圈叶子都呈花开状。有些像宝塔。对，我觉得叫它宝塔草，似乎更形象。

春天刚苏醒，我们到地里去，就看到它了。它好像比春天醒得更早。

这个时候，它的叶片早已长成，是一棵完整的植物的模样。它从那一圈一圈的叶子中间，探出点点红来。那红，比桃红要深一些，比紫红要浅一些。像小星星，也像田鼠的小眼睛。它在向春天宣告，它要开花了！粗心的人见到，不以为那是花苞苞，以为是叶子本身就长那个样子呢。

它是个占有欲很强的孩子，春天的席位才刚铺开，它就早早抢得个好座儿。咋咋呼呼地说，我要拔得头筹。接下来，它却不急了。桃花开了，它还没开。梨花开了，它还没开。菜花开了，它还没开。它就那么顶着那些颗"小星星",懈怠懒散地闲待着。总要等到荠菜花开烂了,它才慢悠悠地,撑开那些颗"小星星",一点一点地,往外拖着好颜色。

开好的宝盖花,很特别。有人形容它,"像一只从洞穴里探出头来的小兽"。这只小兽粉粉的,有着长长的优美的脖颈。俏皮着。

我们小时是等不得它开花的,就采了它,给猪吃。成篮子成篮子地采。那时的猪也幸福,吃的全是纯天然。猪不知,此草还是很宝贝的药草,若用它泡酒,可养筋活血。不过,我从没见大人们拿它泡酒。穷日子里,饭都难得到嘴,哪还有酒可喝!

现在难得见到宝盖草了,得去寻。小城的紫荆花开得沸沸的时候,我去看紫荆花。在紫荆花旁的一条水沟边,看到好些株的宝盖草,花也都开好了。真是意外。

去一所新建的学校做讲座。一进门就看到有个圆形的花坛,上面栽一棵松。松树的下面,野花野草们相处和睦。还有一两棵油菜花,也在那里凑热闹。我真替它们庆幸呀,没有人拿它们当杂草除掉。

我蹲下身去,一一招呼它们,就看到了几株宝盖草。它的花还未盛开,绿叶子中间,冒出点点的红。像谁不经意用蜡笔轻点了一下。我想起它另有个好听的名字,叫珍珠莲。细看,还真像镶着一颗颗红色的小珍珠。

旁边走过一些孩子,他们好奇地看看我,又走开去了。后来,我在讲座时,提及花坛里的宝盖草。台下立即议论纷纷,哦,还有这种草?

身边的事物,被我们漠视掉多少?我相信,在我的讲座之后,会有一些孩子,跑去花坛那里,寻找宝盖草的。

对于宝盖草来说,尽管那是迟来的相认和问候,它应该,也很高兴了。

二月兰

二月兰。真好，它叫兰。

我曾试想着给它换个名字，比如，叫梅。叫桃。叫海棠。叫蝶。似乎都不太贴切。

兰，且是二月里的兰。三月不好，四月也不好，就二月。早春二月，鲜嫩着，大地正处在蒙眬的苏醒中，一切都是初相见。

无疑，它是个女孩子。从前是住在乡下的，跟着四野的风一起长大。美。美得朴质，纯真，自然，不世故。

第一次见它，是十多年前，在南京中山植物园里。省作协举办的读书班设在那儿，我在读书班学习。每日清晨和黄昏，我铁定是要把园子逛一遍的。在樱花树下，在忍冬树旁，就见一片蓝紫的烟雾，贴地而起，间之以白色水汽团团。在早晨微湿的空气中，在黄昏微茫的暮色里，美得如梦似幻，叫人发怔。寻问得知，那是二月兰。当下且惊且喜，为这名字，为它身影之灵动。

后来去西津渡，我与它再度相逢。从前的古渡口，风情已渗透进骨子里了。昭关石塔、观音洞、待渡亭、超岸寺，还有破山而建的栈道，和两边的飞檐雕花，以及搭在池塘边的舞台，上面水袖轻甩，这一些，都是可圈可点可缅怀的。而我，偏偏被蒜山上满山满坡的二月兰给绊住了脚，在那里，一停再停，不舍离去。那么多蓝紫的心，滚在一起，我几乎要脱口叫出，啊，小丫头，原来，你也在这里啊！归来后，我脑子里时常会回到那个地方，满山坡的二月兰，像滚落一地蓝紫的心。

去洛阳，我本是追着去看牡丹的，结果，却被二月兰摄去了魂。几乎每个园子里，每条行走的路边，都有一群着蓝紫衣裙的小丫头，欢呼雀跃着，热热闹闹着，它们跑着跳着，腾起的蓝紫色的雾岚，一直往着路的尽头去。

凑近了细细看它，它的样子算不得出色，就是一棵小野菜。一些地方称之诸葛菜，叶和茎，均能炒着吃。关于诸葛菜的叫法，是很有来源的。传说，诸葛亮在一次行军途中，军粮短缺，眼看士兵们饿得快撑不下去了，他向当地百姓求救，得知这种野菜可饱腹，遂命将士们采摘充饥，并广泛种植，以此度过饥荒。

再往下追根求源，我吓一惊，它居然是《诗经》里的元老。"爰采葑矣？沬之东矣。云谁之思？美孟庸矣。期我乎桑中，要我乎上宫，送我乎淇之上矣。"一曲美妙温婉的《桑中》，以它，做了极动人的楔子。它在《诗经》里，叫葑，也就是后来人们所说的芜菁。

我的小城里，如今也遍植二月兰。公园里有，路边河边有。某天，你正在那里专心致志地赶路呢，它蓝紫的活泼的小身影，就跟逗你玩儿似的，在路边的花丛中猛地一闪，叫你眼前突然一亮，心里喜道，呀，是小丫头呀。几千年的坚忍守护，它终于守得云开见月明，让人不再把它当野菜、忽略它、轻视它，而是恭恭敬敬，把它请进园圃，当作风景来欣赏。——这是它给自己创造的奇迹。

做人倘若能做到二月兰的份上，那他的人生，也定是相当有趣且丰富无憾的吧。

像菜花一样幸福地燃烧

  油菜花开了，不多的几棵，长在人家檐下的花池里。这是城里的油菜，绝对不是长着吃的，而是长着看的。
  跟那人说："菜花开了呢。"那人一脸惊喜，说："找个时间看菜花去。"这是每年，我们的出行里，最为隆重的一节。
  不知从什么时候起，城里人兴起看菜花热，每年春天，都成群结队的，追到城外看菜花。一些地方的菜花，因此出了名，譬如江西婺源的菜花、云南罗平的菜花。
  有一年秋，我对婺源着了迷，收拾行装准备去。朋友立即劝阻，说："你现在不要去呀，你等到春天再去呀，春天有菜花可看呢。"笑着问他："婺源的菜花，怎样的好看？"他说："一望无际燃烧呀，就那样燃烧呀。"
  笑。哪里的菜花，不是这样燃烧着的？所有的菜花，仿佛都长了这样一颗心，热情的，率真的。一朝绽开，满腔的爱，都燃成艳丽。有坡的地方，是满坡菜花。有田的地方，是满田菜花。整个世界，亲切成一家。
  我是菜花地里长大的孩子。故乡的菜花，成波成浪成海洋。那个时候，房是荡在菜花上的，人是荡在菜花上的。仿佛听到哪里噼啪作响，花就一田一田开了。大人们是不把菜花当花的，他们走过菜花地，面容平静。倒是我们小孩子，看见菜花开，疯了般地抛洒快乐。没有一个乡下的女孩子，发里面没戴过菜花。我们甚至为戴菜花，编了歌谣唱："清明不戴菜花，死了变黄瓜。"现在想想，这歌谣唱得实在毫无道理，菜花与黄瓜，哪跟哪呀。可那时唱得快乐啊，蹦蹦跳跳着，没有悲伤，死亡是件遥远而模糊的事。一朵一朵的菜花，被我们插进发里面，黄艳艳地开在头上。

也去扫坟，那是太婆的坟。坟被菜花围着，是黄波涛里荡起的一斗笠。想太婆日日枕着菜花睡，太婆是幸福的罢。感觉里，不害怕。

这个时候，照相师傅背着照相器材下乡来了。他走到哪个村子，哪个村子就过节般的热闹。女人们的好衣服都被从箱底翻出来了，她们穿戴一新地等着照相。背景是天然的一片菜花黄，衬得粗眉粗眼的女人们，一个个娇媚起来。男人看女人的目光，就多了很多温热。我祖母是不肯我们多多拍照的，说那东西吸人的血呢。但她自己却忍不住也拍了一张，衣衫整洁地端坐在菜花旁，脸笑得像朵怒放的菜花。

读过一首写菜花的诗，极有趣："儿童急走追黄蝶，飞入菜花无处寻。"诗里，调皮的孩子，追逐着一只飞舞的蝴蝶。蝶儿被追进菜花丛，留下孩子，盯着满地的菜花寻找，哪一朵菜花是那只蝶呢？

张爱玲的女友炎樱，曾说过一句充满灵性的话："每一只蝴蝶，都是从前的一朵花的鬼魂，回来寻找它自己。"若果真如此，那满世界的菜花，该变成多少的蝶？这实在是件美极的事。

菜花开得最好的时候，我选了一个大晴天，和那人一起去乡下看菜花。我们一路观着菜花去，一路看着菜花回，心情好得跟菜花似的，幸福地燃烧。这个时候想的是，就算生命现在终止，我们也没有遗憾了，因为我们深深爱过，那一地的菜花黄。

花间小令

油菜花

我们该为一些花鼓掌。

譬如，油菜花。

春天，我把吃剩的半棵油菜，随手丢在水碗里，想不到它竟在水碗里兀自生长起来，碧绿蓬勃，欢欣鼓舞。

我觉得有趣，搬它至窗台，那里，春风几缕，日日眷顾。三五日后，它撑出一撮一撮的花苞苞，精神抖擞着。再一日，我早起，看到的竟是一碗的黄灿灿。——我水碗里的油菜花，已在不知不觉中，悄悄绽放了。

那是怎样的一种盛放啊，如井喷如泉涌，不管不顾，酣畅淋漓，是把整个心都捧出来的一场燃烧。虽远离原野，可它却一点也不沮丧、不气馁，拿水碗当舞台，一招一式都丝毫不马虎，瓣瓣染金，朵朵溢彩。

我在屋里转一圈，就又凑到它的跟前去了。什么时候见它，它都是一副热心肠，捧出所有的金黄，是恨不得为你粉身碎骨的。所有的油菜花，原都是女中豪杰。

我很想向一朵油菜花学习，纯粹而热烈地活上一回，不辜负春风，不辜负自己。

葱　兰

葱兰这名字叫得好，又像葱又像兰。叶是葱绿，花是素白，墙角边蹲着，一排。或在花坛边立着，一圈。不吵不闹，安静恬淡，如乖巧的小女儿。

起初谁会注意到它呢？野草一般的，相貌实在平平。

我去收发室取信，路过图书楼，阴山背后就长了这么一棵棵。日日晴天，它却分享不到一点阳光，但它好像并不在意，照旧欢欢喜喜地生长着，绿莹莹的，如葱如韭。

后来的一天，花开了，小小的白，小白蛾似的，层出不穷地冒出来。在人的心上，扇动起讶异和温柔来，哦，它真是美！屋后的阴影，被它映照得一派明媚。

我摘一朵，带给收发室的大姐。大姐驼背，身体变形得厉害，据说是年少时一场病落下的。换作别人，早就自卑得不行，可她却活泼开朗，喜欢穿鲜艳的衣裳，喜欢摆弄头发，发型常换。每回见她，都是快快乐乐的，让你再灰暗的心，也跟着明快起来。

大姐把我送的花，很爱惜地用水杯养着。隔日再去，我人还未到近前，她就高兴地告诉我，你送的花还在开呀。去看，果真的，一小朵的白，在水杯里，盛放着，丝毫不减它的秀美。

它还有个别称叫韭菜莲，韭菜一样碧绿青翠，莲一样不蔓不枝，清新脱俗。亦是很形象很贴切。

婆婆纳

每次看到婆婆纳，我总忍不住要笑，是会心一笑。像见到一个可爱的人。

不管它只身在哪里，我都能一眼认出它。在云南的玉龙雪山上，在辽宁的冰峪沟里，或是在我的花盆中。花盆里一株杜鹃开得灼灼，它趴在杜鹃根旁，探着小小的脑袋，蓝粉的小脸，笑嘻嘻的。被杜鹃遮着挡着，亦不觉得委屈。

乡下广袤的田野里，沟边渠旁，到处有它。同属野草类，蒲公英和野蒿，长得又高挑又张扬，在风里招摇。它却内敛得很，趴在一丛茅草中，或是一棵桑树下，守着身下一片土，慢悠悠地，吐出一小片一小片的蓝，如锦，美得一点也不含糊。

我总要在它的名字上怔上一怔。婆婆纳，婆婆纳，是细眉细眼的小媳妇，孝顺、贤惠，一入婆家，就被婆婆喜着疼着。没有华衣美服，没有玉食金馔，也没有姣好容貌，却心灵手巧、踏踏实实，把一段简朴的小家日子，过得红红火火，活色生香。

这世上，多的是平凡人生，只要用心去过，一样可以花开如锦。

木　槿

最初读《诗经》，我曾被"有女同车，颜如舜华"之句惊艳。这里的"舜华"，指的是木槿花。如木槿花一样的女子，该是何等美好。

木槿，乡下人不当花，是当篱笆的，院边栽一排，任它在那里缠缠绕绕。它在五月里开始开花，一开就是大半年光景，朝开暮落，白白紫紫，讨喜的小女孩般的，巧笑倩兮，一派天真。现在想想，那时的乡下小院，虽贫瘠着，然有木槿护着，又是多么奢侈华丽。

如今，城里多植木槿，路边，河旁，常能遇见。满目的深绿浅绿中，三五朵紫红，三五朵粉白，分外夺目，让遇见的心，会欢喜起来，哦，木槿呢！

乡下却少有它的踪迹了，喜欢木槿的老一辈人，已一个一个离去。乡下小姑娘来城里，不识路旁的木槿，我耐心地告诉她，这是木槿啊，以前乡下多着的。

这么说着，鼻子突然莫名地有些酸涩。时光变迁，多少的人非物也非，好在还有木槿在，年年盛放如许。

它又名无穷花。我喜欢这个名，生命无穷尽，坚韧美丽，生生不息。

四季海棠

我站在邻居家的院门前，看花。

那里长一蓬我不认识的花，满铺的小圆叶之上，碎碎的花瓣，抱成一团，朵朵红艳，实在好看。

邻居说，这是四季海棠啊。

你要吗？她热情地相问。我尚未答话，她已弯腰，"咔嚓"一下，掰下一枝来。——我都替它疼了。

邻居说，只要插到土里，它就能活。

我依言插到土里。不几日，这一枝四季海棠，竟变成了一大棵，生出无数的枝枝丫丫来。又过些日子，一棵变成了很繁茂的一簇，把整个花池都撑满了。

它开始安安心心地开花。也不急，一次只开一两朵，一瓣一瓣，慢慢开，总要等到五六天后，一朵花才全部开好，每瓣都红透了。看着它，我总觉得它像极会过日子的小主妇，节俭简朴，细水长流。

有时，我一连好些天忘了看它。再去看时，它还是那副气定神闲的样子，不紧不慢地开着它的花，一捧的肥绿，托着两三团艳红。时光在它那里，仿佛泊在老照片里的一缕月色，静谧而悠长。

霜降过几回，都有冰冻了。耐寒的菊们，也萎了精神。它却仍枝叶饱满，花开灼灼。路过的人会惊奇地说一声，瞧这海棠！肃杀清冷的日子，变得不那么难挨了。

有美一朵，向晚生香

朋友说，她家小院里的桃花开了。她是当作喜讯告诉我的。"来看看？"她相邀。

自然去。每年的春天，我都是要追着桃花看的。春天的主角，离不了它。所谓桃红柳绿，桃花是放在第一位的。

桃花勾人魂。它总是一朵一朵，静悄悄地，慢条斯理地开，内敛，含蓄。虽不曾浓墨重彩地吸人眼球，却偏叫人难忘。是小家碧玉，真正的优雅与风情，在骨子里。

看桃花，总不由自主地想起一首写桃花的诗："去年今日此门中，人面桃花相映红。人面不知何处去，桃花依旧笑春风。"诗人崔护，在春风里，丢了魂。邂逅的背景，真是旖旎：草长莺飞，桃花烂漫，山间小屋，独门独户。桃花只一树吧？够了。一树的桃花，嫩红水粉，映衬着小屋。天地纯洁。诗人偶路过，先是被一树桃花牵住了脚步，而后被桃花下的人，牵住了心。

姑娘正当年呢。山野人家，素面朝天，却自有水粉的容颜、水粉的心。她从花树下走过，一步一款款。他看得眼睛发直，疑是仙子下凡来。四目相对的刹那，心中突然波澜汹涌，是郎情妾意了。三月的桃花开在眼里，三月的人，刻在心上。从此，再难相忘。翌年之后，他回头来寻，却不见当日那人，只有一树桃花，在春风里，兀自喜笑颜开。

这才真叫人惆怅。现实最让人无法消受的，莫过于如此的物是人非。

年轻时，总有几场这样的相遇吧。那年，离大学校园十来里路的地方，有桃园。春天一到，仿若云霞落下来。一宿舍的女生相约着去看桃花，车未停稳，人已扑向花海，倚着一树一树的桃花，笑得千娇百媚。猛抬头，却看到一人，远远站着，盯着我看。年轻的额头上，落满花瓣的影子。我的血管突然发紧，心跳如鼓，假装追另一树桃花看，笑着跳开去。转角处，却又相遇。他到底拦住了我问："你是哪个学校哪个班的？"我低眉笑回："不知道。"三月的桃花迷了眼。

以为会有后续的。回学校后，天天黄昏，跑去校门口的收发室，盼着有那人的信来，思绪千转万回。等到桃花落尽，那人也没有来。来年再去看桃花，陡然生出难过的感觉。

还是那样的年纪，去亲戚家度假。傍晚时分，在一条河边徜徉。河边多树、多草、多野花，夕照的金粉，洒了一地。隔河，也有一青年，在那里徜徉。手上有时握一本书，有时持一钓竿，却没看见他垂钓。

一日，隔了岸，他冲我招手："嗨。"我也冲他招手："嗨。"仅仅这样。

后来，我回了老家。再去亲戚家，河还在，多树，多草，多野花，夕照的金粉，洒了一地。却不见了那个青年。

还是感谢那些相遇，在我生命的底色上，抹上一朵粉红，于向晚的风里，微微生香。青春回头，不觉空。

真想，在桃花底下，再邂逅一个人，再恋爱一回。朋友说："你这样想，说明你已经老了。"

"是吗？"笑。岁月原是经不起想的，想着想着，也真的老了。年轻时的事，变成花间一壶酒，温一温唇，湿一湿心，这人生，也就过来了。

结香年年

它好像一直在那里。从我所在的办公楼，通向教学楼的小径两侧，一边一棵，枝条乱七八糟，如藤蔓相互纠葛。

冬天才刚刚开始，它就现出颓败的样子，叶子渐渐地，全掉光了。那之后的相当长一段日子里，它都赤裸着身子，筋骨毕现，毫无光泽。我走过时，至多是瞥上一眼，不知它的名，却并不好奇探听。

春寒。雨两三点。雪两三点。本应早早开的花都晚开了，如玉兰，如樱花。它光秃秃的枝条上，却不声不响地爬满花苞苞。花苞苞也结得奇怪，根本不像花苞苞，簇簇地团在一起，像不擅女红的妇人，随便扎起的一个小线球。那些小线球色泽浅淡，一律低垂着脑袋，软弱无力的样子。它也还是没有引起我足够的兴趣，我只当它是普通。

那日，人在办公室闲坐，突然闻见一股香，似蜂蜜拌了桂花，浓一阵、淡一阵的，让周遭的空气变得黏稠起来。我嗅，再嗅，左右寻视，探问，什么香，这么好闻？有同事随口答，是结香吧，楼后的结香开了。她的语气是轻浅的。在她，是熟识太久的缘故。在我，却被惊到了。结香？它怎么可以叫这个名？是把香挽成一个结么，从此香浓梦软。

我跑去看它。越走近它，那香气越是浓烈，呛得人想打喷嚏。看它盛开的样子，真真是独特极了，像个香囊。每个"香囊"上，缀着无数朵金黄的小花。每一朵小花里,也都喷着香。

古人喜佩香囊,不知有没有人拿这结香的花做香囊的。我不由得这么痴想了一下:月在中天,一地清辉,好姑娘独坐纱窗前,一针一线,绣着香囊。绣好之后,她摘一朵结香,装进去,赠予她的意中人。那人把它系于腰间,每走一步,腰间的香气,就跟着摇上一摇。他会感念姑娘的好的吧?从此,把她记在心上。

传说亦是美的。深宫中,一对青年男女相爱了。女孩出身高贵,男孩却地位低下,是个侍从。按当时律法,是不允许这样的两个人相爱的。男孩女孩被迫分手,他们悲伤地跑去一棵花树下,在上面挽了一个结,以了结这段情缘。谁知那一年,被他们挽过结的花树,开出的花又多又大,香气特别浓郁。宫人惊奇,争相跑去看那树花,最后,惊动了皇上。他以为有神灵在保佑这对男女,遂破例下旨,让他们喜结连理,并赐结香之名给此树。后来的人们,渐渐形成在结香树上打结许愿的风俗。

我试验了一下,结香的枝条果然柔软无骨,轻轻一挽,便挽成一个结。我想不出要许什么愿,那就愿结香年年吧。

这之后,我在校园里发现了许多棵结香。阶梯教室后长着一排。图书馆前长着几棵。食堂旁边,也长了不少。一树一树花事鼎沸,流光溢彩。我吃惊于之前的七八年里,我天天在这个校园里走来走去,怎么就没看到这些结香呢?可见得,人有时对自己周边的事物,是多么的熟视无睹。

再走路,我总是提醒自己,莫要匆匆,莫要漠视,要多看啊。我要用心记住身边的每一棵树,每一朵花,每一个人,每一场遇见。生命的本真和美好,就藏在这一场一场的遇见中。

紫粉笔含尖火焰

紫玉兰盛开，不像真的，像紫玉雕的鸽。一树，看不见别的，无数只紫玉雕的鸽，挤在一起，在春风里嬉戏。

人爱它，又唤它望春花。盼春天的心情是何等急迫，是等不及漫漫冬天过去的，便早早跃上枝头，踮起脚尖，极力远眺。春天在它的远眺中，终于姗姗而来。它是何等欢喜，守望的心，嘭嘭嘭全都开了花。每一朵，都是一只展翅欲飞的玉鸽。让望见的人也跟着欢喜，哦哦，春天到了。

我想起小时，父亲与我们，总是聚少离多。他带着他的工程队，南上北下，一去数日。我天天守在家门口张望，希望看到他高大的身影。终于望回父亲，我雀跃着去迎，快乐是洒了一路的。旁有邻居站定了，笑微微地看着，嘴里说，这孩子。是帮着欢喜的。世间还有什么比团聚更让人幸福？没有的。就像紫玉兰与春天相聚。父亲的大衣口袋，像魔术口袋，从里面会变出糖果和糕点。有一次，还从里面变出万花筒。那是一个孩子的春天。

紫玉兰还有个名字，叫辛夷。这名字让人费思量，倒像唤一个人。最好是女孩子，边远山区，生在深山人不识，素朴纯真，清新姣美，有脱俗的好。后来，我在一处看到关于这个花名的由来，说是在久远的古代，有一读书人，患鼻病久矣，被鼻病折磨得痛苦不堪，四处寻医无果。最后，这个读书人实在不堪折磨，也忍受不了漫漫求医路，打算一死了之。那日，他走到一棵树下，正打算自缢，恰逢一砍柴人路过。砍柴人救下他，询问详情，读书人辛酸地告之。砍柴人笑了，说，要治好这病有何难的？遂赠他花蕾几朵，嘱他煎服。读书人依言煎服此花蕾，折磨他的鼻病，竟奇迹般渐渐痊愈。读书人感念此花，把它带回家乡，馈赠乡里。因那年正值辛亥年，又此花来自夷人所赠，人问花名，读书人脱口而出，辛夷。

我喜欢这个传说，带有报恩的意思。从此，辛夷被世人记住，庭前屋后，多有栽种，视为吉祥。《楚辞·九歌》中有"辛夷楣兮药房"之句，这里的辛夷，被当作香木用，做成门楣。明代袁宏道《横塘渡》里的辛夷，则让人浮想联翩：

妾家住虹桥，朱门十字路。
认取辛夷花，莫过杨梅树。

她与他，路上偶遇，一见倾心。分别之时，她相约他到她家。乡村小屋，家家相似，独独她家，屋前开着一树辛夷花。她嘱托，莫走错了莫走错了，你只要认准开着辛夷花的那家。这里的紫玉兰，成就了人间一段好姻缘也未可知。

我上班的路上，长有一棵紫玉兰。春天才掀开一角，它已迫不及待抖露出一树的颜色，活活泼泼，清清丽丽，把一方天空，衬托出无比生机。树下的长木椅上，总坐着一些老人，他们在花树下谈天说地，吹拉弹唱，晚年的生活，被蒸腾出另一番热闹旖旎。我经过那里，看着一树青春蓬勃的花，映照着夕阳般的老人，总要莫名地感动。

白居易写的《题灵隐寺红辛夷花，戏酬光上人》比较有趣：

紫粉笔含尖火焰，红胭脂染小莲花。

芳情相思知多少，恼得山僧悔出家。

  花是这样的好，含苞时，像一支支火焰。盛开时，像一朵朵胭脂染过的小莲花。一树一树的火焰与小莲花，点燃了多少相思。山里的僧人对着热烈的紫玉兰，生了还俗心，唉唉唉，悔不该当初一脚踏进这佛门啊。

  看哪，有紫玉兰凌凌开着，这个红尘，多么叫人留恋。

满架蔷薇一院香

迷恋蔷薇，是从迷恋它的名字开始的。

乡野里多花，从春到秋，烂漫地开。很多是没有名的，乡人们统称它们为野花。蔷薇却不同，它有很好听的名字，祖母叫它野蔷薇。野蔷薇呀，祖母瞟一眼花，语调轻轻柔柔。臂弯处挎着的篮子里，有青草绿意荡漾。

野蔷薇一丛一丛，长在沟渠旁。花细白，极香，香里，又溢着甜。是蜂蜜的味道。茎却多刺，是不可侵犯的尖锐。人从它旁边过，极易被它的刺划伤肌肤。我却顾不得这些，常忍了被刺伤的痛，攀了花枝带回家，放到喝水的杯里养着。

一屋的香铺开来，款款地。人在屋子里走，一呼一吸间，都缠绕了花香。年少的时光，就这样被浸得香香的。成年后，我偶在一行文字里，看到这样一句："吸进的是鲜花，吐出的是芬芳。"心念一转，原来，一呼一吸是这么的好，活着是这么的好，我不由得想起遥远的野蔷薇，想念它们长在沟渠旁的模样。

后来我读《红楼梦》，最不能忘的一个片段，是一个叫龄官的丫头，于五月的蔷薇花架下，一遍一遍用金簪在地上划"蔷"字。在那里，爱情是一簇蔷薇花开，却藏了刺。但有谁会介意那些刺呢？血痕里，有向往的天长地久。想来世间的爱情，大抵都要如此披荆斩棘，甜蜜的花，是诱惑人心的狐。为了它，可以没有日月轮转，可以没有天地万物。就像龄官，雨淋透了纱衣也不自知。

对龄官，我始终怀了怜惜。女孩过分的痴，一般难成善果。这是尘世的无情。然又有它的好，它是枝头一朵蔷薇，在风里兀自妖娆。滚滚红尘里，能有这般爱的执着，是幸运，它让人的心，在静夜里，会暖一下，再暖一下。

唐人高骈有首写蔷薇的诗，我极喜欢：

绿树阴浓夏日长，楼台倒影入池塘。
水晶帘动微风起，满架蔷薇一院香。

天热起来了，风吹帘动，一切昏昏欲睡，却有满架的蔷薇，独自欢笑，眉眼里，流转着无限风情。哪里经得起风吹啊？轻轻一吹，散开的，是香。再轻轻一吹，散开的，还是香。一院子的香。

我居住的小城，蔷薇花多。午后时分，路上行人稀少，空气都是懒懒的。蔷薇从一堵墙内探出身子来，柔软的枝条上，缀着一朵一朵细小的花。花粉红，细皮嫩肉的样子。此时此刻，花开着，太阳好着，人安康着，心里有安然的满足。

绣球花

绣球花是在五月开始做梦的，做着无数个红粉香艳的梦。它把它的梦，攒成一粒一粒的"绿珍珠"。又别具心裁地，让许多粒"绿珍珠"相偎在一起，成一个大球球。这么一看，那是一朵花。可分明又不是，因为每一粒"绿珍珠"里，都是一个艳红或粉白的小世界。

这个时候，你一定要耐心一点，再耐心一点。你今日去看，绿苞苞是绿苞苞。明日去看，绿苞苞依然还是绿苞苞。它完全一副处世不惊的样子，哪管外面夏潮涌动。可是，有那么一天，你再去看时，却突然发现那些绿苞苞，已然绽开了。那是什么时候的事？这真是让你又欢喜又气恼。欢喜的是，它终于绽开了。气恼的是，它怎么就不让你知道呢？它也仅仅是轻启绿唇，边缘上染上一圈红晕。像是陡然遇见陌生人的小女孩，不好意思得很，只低了头，羞红着脸。

别以为它就要全部盛开了，早着呢。它似乎握着一个极大的秘密，不舍得一下子告诉你。又像是怀了绝技的女伶，水袖轻舞中，你不知她会抖落出什么绝技来。你得再等上十天八天，它才彻底地把一颗心交出来。三瓣儿一起，艳红，或是雪白的，像纷飞着的小蝴蝶。每朵之上，密匝匝的，便都是这样的小蝴蝶。怎么形容它才好呢，美丽？丰腴？清雅？都不对。它好比横空出世的美人，无有可比性。

我养着一盆这样的绣球花，是仲爹送我的。我曾在他的小区租房住，三层的居民楼，我住三楼，他住一楼。他的一楼有小院子。木门，木栅栏，看上去有种古朴朴的好。院墙上爬满丝瓜藤和扁豆藤，院子里，是热热闹闹的花世界。每日里上下班，路过他家门前，我总忍不住探头往院子里看一看。有时，看见他在侍弄花草，花草们绿是绿，红是红，特别惹看。有时，刚好碰到他把他的老伴抱出来，放到躺椅上。听人说，他老伴瘫痪在床已十几年了。他依然，待她好。一旁的花草，姹紫嫣红，给人天地悠远时光绵长的感觉。

春末的一天，他的老伴突患急病，去了。吹吹打打的号子手，在楼下吹打，恓恓惶惶。他红着眼睛，捧着一盆开得好好的绣球花，去给老伴送葬。有人要替他捧着花，他不肯。大朵的绣球花开在他胸前，艳丽得像塑料花。让人看着看着，竟忘了悲哀了。

他的小院子沉寂了一段日子，又重新打开。我又看到他在院子里侍弄花草了，一院子的红花绿草。其中，绣球花开得最是轰轰烈烈，几盆红，几盆白，红白相映，煞是明媚。我走进去，蹲下来细看，夸他，仲爹，你养的花真好。他听了，很高兴，告诉我，他老伴最喜欢这种花了。

我老伴啊，一辈子没别的爱好，就爱这些花花草草的，我就给她种，他笑着说。

我怔一怔，正想着怎么接他的话，却又听他笑道，我帮你培育一盆吧，到秋天的时候，你来拿。

秋天，我搬离那里，再没去过那个小区。偶尔想起绣球花，也只是想想，想仲爹随口的一个承诺，哪能当真？一天，有熟人却辗转捎信给我，说，仲爹帮你育好了绣球花，等着你去拿。

我很意外，眼角慢慢湿润起来。我想起了那一院子的花花草草，款款生机，照见了我们这个俗世的爱与永恒。

相见欢

花，真大，硕大。白缎子扎出来似的。人普遍称之广玉兰。它其实还有个别名，叫荷花玉兰。这叫法才真叫体己，把它的清新脱尘，活脱脱给叫出来了。它是开在树上的荷花。

一排，一排，路两侧，高大的树上，栖息着这样的花朵。密集的绿叶之中，它的白，愈发显得醇厚、浓郁，质感嫩滑，跟新鲜的奶油似的，让人有咬上一口的欲望。

五六月的天，小城的荷花玉兰，不吵不闹地开了，一朵接着一朵，总要开到七八月。花香顺着风飘，清清淡淡，清清淡淡。是浴后的女子，怀着体香。因为多，人多视而不见，他们日日袭着花香走，却不知道感激谁。

花不在意。无人留意它，还有鸟儿呢。我看见一只翠鸟，飞进花树中，在绿叶白花间，蹦蹦跳跳，幸福地鸣叫。纵使没有鸟儿光顾，也还有蝴蝶呢，还有蜜蜂呢。哪怕只为一阵拂过的轻风，它的开放，也有了意义。

与它，不是初相识，而是再相逢。是十八九岁的年纪吧，我远在外地的一座城读书。校园里走着，不经意就能撞见这样一棵树，高大，枝繁叶茂。没课的时候，我喜欢躲在二楼的阅览室看书，拣了窗口坐。窗外，一棵荷花玉兰，枝叶蓬勃得都俯到窗台上来了。什么时候看着，它都是满树的绿油油，春光永驻的样子。

最喜花开时分。是鼻子先知道的。一缕一缕的香，从窗外飘进来，在薄薄的空气中浮动，空气变得酥软。抬头，与花朵打个照面，心里的欢喜，一蓬一蓬地开了。

陌生的男孩女孩搭讪，是从这花开始的。

咦，花开了？那一天，终日在一张台子后坐着，负责登记各类报纸杂志的男孩，突然站到女孩跟前来，顺着女孩的目光，看向窗外的荷花玉兰说。

是啊，花开了，女孩答。低头，眼光落在书上面，有些慌乱。

我看你每次来，都借阅诗歌一类的书，你很爱诗？男孩问。

女孩的心跳得缤纷，原来，他一直注意她的。女孩眼睛亮起来，惊喜地抬头，问，你也爱诗？

男孩点点头，不好意思地说，我有时，也胡乱涂一些的。

男孩是阅览室的收发员，来自偏僻乡下，家穷，母亲多病，他早早辍学。因了一远房表亲的关系，他得以在此谋得一临时差事。

女孩不介意这些，她和他交流各自写的诗。薄薄的黄昏，暗香浮动。

也有过为数不多的一两次散步，两个人，在别人诧异的目光中，沿着一排一排的荷花玉兰走。没话找话的时候，他，或者她会说，看，花又开了不少了。

于是，都仰头看花。男孩忽然说，真羡慕你们这些大学生啊。又转头认真地看着女孩说，谢谢你，你没有看不起我。

女孩的心里，又甜蜜又悲伤，竟是说不出的。

也就要毕业了。女孩去找男孩道别，才得知，男孩早已辞了工作，走了。女孩看到男孩留下的诗：你有你的路要走，我有我的路要走。感谢相遇的刹那，你的温暖，陪我走过孤独。

经年之后，我每遇到荷花玉兰，会想起这些来。男孩的样子早已模糊，却清晰地记得那一朵一朵的花，在我青春的枝头，静静绽放。

我现在任教的校园里，也种有大棵的荷花玉兰。午后清淡的闲暇里，几个孩子嬉闹着过来了，他们额上淡黄的绒毛下，望得见青嫩的血管在搏动。他们从一排花树下过，并不抬头看花。我忍不住喊住他们：

看，那些花。

花？哪里有？他们看看我，茫然四顾，终于在头顶上发现了大朵的荷花玉兰。他们惊叫起来，这么大的花啊！

青春的回眸里，怎么能少了一朵花的香呢？我笑笑走开去，任他们在花树下，叽叽喳喳。

暗 香

书房内放有两朵栀子花,是前晚在外吃饭时一朋友送的。

朋友先送我一朵。吃完饭,又从上衣口袋里小心地掏出一朵来,笨拙地,像护着一只小小的蝶。我极感动,一个大男人,把花藏在口袋里,这样的细节,特动人,顶得上千言万语。又,能让一个男人,以如此喜爱的方式藏在口袋里的,大概只有栀子花了。

我对栀子花怀有特殊的感情,这样的感情缘于我的乡下生活。我童年最香的记忆,是有关栀子花的。那时,乡下人家的院子里,都栽有一小棵栀子树的,也无须特别管理,只要一抔泥土,就长得枝叶葱茏了。

一进六月,满树馥郁,像打翻了香料瓶子似的,整个村庄都染了香了。一朵一朵的栀子花,息在树上,藏在叶间,像刚出窝的洁白的小鸽子,暗香浮动。女孩子们可喜欢了,衣上别着,发上戴着,跑哪里,都一身的花香。虽还是粗衣破衫地穿着,但因了那一袭花香,再平常的样子,也变得柔媚起来。

我家院子里也长有一棵,每到栀子花开的时节,我和姐姐,除了在衣上别着,发上戴着,还把它藏袖子里,挂蚊帐里,放书包里。甚至,把家里小猫尾巴上也给系上一朵。那些栀子花开的日子,快乐也如一树的香花开。

早些天，在菜市场门口，我就望见了栀子花的。一朵一朵，栖落在篾篮里，如白蝶。旁边一老妇人守着，在剥黄豆荚。老妇人并不叫卖，栀子花独特的香气，自会把人的眼光招了去。就有脚步循了花香犹疑，复而是低低的一声惊呼，呀，栀子花呀。声音里透出的，全是惊喜。买菜找零的钱，正愁没处放，放到老妇人手上，拣上几朵栀子花，香香地招摇。

我也在篾篮前止了步，看篮子里的花朵，那些白蝶一样的花朵，我真想它们都能有双翅膀。老妇人抬头看我一眼，笑道，这是栀子花呢。我点头，没有告诉她，这是我记忆里的花啊。那天，我没买花，我想着它们能飞翔的事。它们从我的从前，飞到现在，还会飞到将来去。

现在，朋友送我的两朵栀子花，伴我已有两天了，原先凝脂样的白，已渐渐染了淡黄，继而深黄，继而枯黄。但花香却一点也没变，还是馥郁满满，一推开书房门就能闻到。这世上，大概没有一种花，能像栀子花般的，香得如此彻底，纵使尸骨不存，那魂也还是香的。

打电话回家，问母亲院子里的栀子花开了没。母亲笑了，早就开了，开了一树了，全被些小丫头摘光了。眼前便晃过乡村的田野，晃过田野旁的小径，一群小丫头奔跑着，发上戴着洁白的栀子花，衣上别着洁白的栀子花，还在衣兜里装了吧？还在衣袖里藏了吧？

上网去，碰巧读到一解读花语的帖子，其中栀子花的花语挺有意思，那花语是：喜欢此花的你有感恩图报之心，以真诚待人，只要别人对你有少许和善，你便报以心的感激。

茉莉香

早起，一朵茉莉开了。

茉莉香。只那么细小的一朵，就可以香彻整个房间。"一卉能熏一室香"，古人说得一点也没错。

又白。是那种凝脂似的白。跟栀子的白很接近，却比栀子要秀气透明许多。它是含娇带羞的好女儿。

卖此花给我的，是个二十七八岁的姑娘。每次见她，都是一脸笑容，很是春暖花开的样子。她从小的梦想是开家花店，大学毕业后，因母命难违，她在银行工作过一段时间，待遇优厚，日子安逸稳定。然而，那不是她想要的生活，几经挣扎，她辞掉工作，在乡下租了一块地种花种草，一路兜兜转转，最终实现了她的梦想。她给自己的花店取了个简单又美好的名字：春暖花开。她的日子里，便日日都是春天。她把此花捧给我时，像托付了一个孩子给我，叮嘱了又叮嘱，老师，你要好好养哦，它很好长呢，年年开花。又说，茉莉花泡茶喝很香的。开时，你只要摘下一两朵，放茶碗里，一口一口，全是茉莉香。

花开了，我却不舍得喝了它。我要它自开自落，善始善终。我可以一整天，在那茉莉香里面做事，或是发呆。这样的时光，每一寸，都是馈赠。

宋代有个叫江奎的文人,一生流传下来的诗文甚少,却因写了一首《茉莉花》,被人惦记:

灵种传闻出越裳,何人提挈上蛮航。
他年我若修花史,列作人间第一香。

细究里面的词句,并无任何的绮丽和奇特,它类似于明志,或是盟誓,却在一瞬间唤起我们的认同感,很铿锵。我想象着,他该是个瘦长个子的青年,有一双小鹿般温润的眼睛,他路过一盆茉莉跟前,被那细白的小花,摄了魂魄。香,真香哪!他深吸一口气,喂下一口的茉莉香,在心里替它不平来着,明明是这么的香啊,怎么在花里面排不到第一位呢!不行,不行,等我将来重修花史,定把第一的奖章颁给它。

李渔闲话茉莉,则比较好玩:"茉莉一花,单为助妆而设,其天生以媚妇人者乎?"——他认为,此花的存在,就是为了取悦女人的。并找出证据证明,"是花蒂上皆无孔,此独有孔。有孔者,非此不能受簪,天生以为立脚之地也",说别的花都没有孔,而茉莉有,此孔专门为女人插簪子用的。

我半信半疑,把我家那朵茉莉,仔细打量了又打量,就差一瓣一瓣扯下来,也没发现有孔。再说,这么细小的一朵花,纵使有孔,怕是簪子也难以插进去的吧。是李渔所见茉莉与我所见不同,又或是他所见只是个例?不得而知了。但古时女人鬓发上爱簪茉莉倒是不假,"谁家浴罢临妆女,爱把闲花插满头",这插的,是茉莉;"情味于人最浓处,梦回犹觉鬓边香",这插的,是茉莉;"银床梦醒香何处,只在钗横髻鬊边",这插的,还是茉莉。想想它曾香了无数女人的鬓发,我就替茉莉高兴。

看 荷

　　一到夏天，我就急不可耐吵那人，看荷去，看荷去。公园里，原先有的，一方小水域里，植了百十株。每逢夏至，那片池，成了荷的天下，碧绿的叶，红粉的花，舞尽风情。

　　后来，荷却不见了，连一片叶子也瞧不见了。原先长荷的地方，泊着孩子们玩的小汽艇。盛夏里走过那里，一池的水在寂静。我以为，它们在怀念荷。

　　去别处看吧。听人说，某单位有。大院子中央，水泥浇铸的小池子里，栽了十来株，花开也亭亭。寻去，极负责任的门卫阻拦，看着我问："干什么呢？"我语急，慌不择词："找人。""找谁？"他不依不饶。

　　答不出，只好实话实说："我想进去看荷。""看荷？"门卫狐疑地打量我，他肯定从没遇到过，以这样的理由，堂而皇之想进他们单位。他没有放行。

　　我从铁栅栏外，遥瞥见一抹红，那是荷。我心里念着，荷，我来看过你了。想起画家张大千的话来："赏荷、画荷，一辈子都不会厌倦！"荷担当得起这样的喜欢。

　　那人找得空闲，驱车带我去邻近的兴化市，我终得以与荷重逢。公路两侧，乡野广阔，小小的水塘，大大的水塘，里面散落荷无数。雨后清凉，花打落不少，却有圆圆的叶，很随意地铺在水面上。每片叶上，都汪着一捧的晶莹，像一颗大大的心。诗人杨万里形容得好："却是池荷跳雨，散了真珠还聚。聚作水银窝，泻清波。"果真的泻清波啊！

附近劳作的农人，伸手遥指远处一丛芦苇，笑着告诉我们："那后面还有更多的藕呢，藕花开得更多。"他不说荷，他说藕，这等叫法，有骨子里的亲近。他才是真正亲荷的人。

农人慷慨地要借了小船给我们，让我们划过去看。我们谢绝了他的好意。还是不打扰荷的清静吧，就这样站在水塘边，看着也好。天空高远，大地澄清，荷们独自舞蹈。花多以白色为主，凝脂一般的。间或有一点两点的红，俏立在青绿细高的茎上，红唇微启。最有看头的，还数那些圆润的荷叶，它们是水面上盛开的绿的花朵。

问农人："每年都长吗？"农人答："每年都长呢，我们这里水多，盛产藕。"听了，由衷高兴，这是荷的幸运，也是农人的幸运。如此，年年相会。

想起我在念中学的时候，有女同学家在小镇附近，家里种了成亩成亩的荷。她是这样相邀的，去我家吃藕啊。花开时节，站她家田埂旁，张眼望去，满田碧绿的底子上，跳出一朵一朵的雪白和粉红，美得惊天动地。她不在意，她的父母不在意，他们采藕，清炒了吃，煨了汤吃，包了饼子吃。甚至，生吃。清水里洗一下，拿刀刮刮，一口咬下去，脆香。那里面附着荷花的魂呢。

好多年了，那个女生的姓名，我早已忘了。可是她的样子，却清晰地记得：胖胖的，有着藕段一样雪白的肌肤。她的身后，荷花遍地。

一一风荷举

刚进七月，就传来荷的讯息：仙湖的荷花开了！仙湖是小城新辟的一湖，朗朗一望，湖水汤汤，辽辽阔阔。

真的开了？听的人雀跃。仿佛曾经的故知突然而至，满心满肺的，都是重逢的欢喜。

于是相邀，看荷去吧。一呼百应。谁能拒绝一湖荷的召唤？追了远路，亦是要去看的，何况它近在咫尺？平日难得一聚的，这个时候，以荷的名义，可以聚一聚，尤其是女人们。那边叮嘱，打扮得漂亮点啊。这边兀自笑了，那还用说！对镜理妆，像去赴情人之约。

满湖的肥绿之上，荷在。一朵，两朵，三四朵。红的。白的。红的似红粉佳人，巧笑盈盈。白的似白衣少年，白衣胜雪的年纪，清纯安静，心怀美好。

荷开，它不似别的花，藏不住秘密似的，"嘭"一下，全给抖搂出来，迫不及待展示自己的好颜色。荷很沉得住气，它不急不躁，如内敛的人，内心再多的炽烈，面上也是风轻云淡。在盛开的路上，荷算得上是风度翩翩一君子，它不你推我挤，不喧喧闹闹，而是谦让着，一瓣一瓣，慢慢释放，从容淡定。它知道，好时光原是容不得打马飞奔的，须得一丝一缕地珍惜，才不算枉度。

与一湖的荷对视久了，平日再多的纷纭芜杂，都化作单纯。你来，荷在开。你不来，荷在开。荷不因你的来或不来，而殷勤或是怠慢。它心无旁骛，不言不语，沉静地把一段锦瑟年华，弹成空谷绝响。你的心，被什么拨动了。你的眼里，慢慢涸上一层雾气，天地有大美，而大美不言。浮躁的人生，在这样的大美面前，多么气短。

有年轻的母亲带了孩子来看荷。孩子欣喜地绕湖奔跑，眼神清澈，如一枝奔跑的荷。她在湖边欢叫，妈妈，这里有一朵。一会儿，又听到她在那边欢叫，妈妈，这里也有一朵。她因她的发现，而兴奋不已，整个人甜脆脆的。你不看荷了，你掉转头，微笑且羡慕地看她。久违的童真，轻轻敲打着你麻木的神经，你早已很少为一朵花欢呼了。你忍不住想，若是我们成人，都能拥有一颗孩子的心，把每一朵花，都当作初相见，那该多出多少的欢愉和美好。

转眼八月。转眼九月。雨一场接一场，风湿湿地凉起来，秋的味道开始逼近，日益浓烈。一湖的荷，亦走过它的繁华，开得零零落落的了。却丝毫不减风姿，哪怕只剩最后一朵，它依然亭亭，在碧波之上清扬婉兮。满铺的荷叶之上，盛着隔夜的雨水，一颗一颗，圆润剔透，像晶莹的心。

这个时候，你很自然地想起周邦彦的那首《苏幕遮》："叶上初阳干宿雨，水面清圆，一一风荷举。"你暗自赞叹，这个"举"字，真真是把荷的神采写尽了！还有哪个字能与荷如此般配？秋风渐厚，荷举风而立，虽是小小花一朵，却风骨铮铮。

大丽花

大丽花是祖父种的。

据说祖父年轻时是个好玩的角色，听戏，扎风筝，侍弄花草……等我有了记忆，祖父已是祖父了——一个严肃的小老头儿。世事历尽沧桑，曾经的繁华和热闹，成了他偶尔眯起眼睛打的一个盹。他种的花花草草，也只剩下大丽花了。

大丽花是长在屋檐下的，大门的两侧，左边一丛，右边一丛。花开的时候，人从大门口进进出出，就在大丽花的左环右抱之中了。玫瑰红的一朵朵，深深浅浅。映衬得我们的粗布衣衫，也有了别样的动人。

那花，不香，但极艳丽。硕大。花开得最好的时候，有碗口那么大。小而扁圆的花瓣儿，重重叠叠，吐出一层是艳丽，再来一层，还是艳丽。如年华正好的女子，随意一个眼波流转，都堪称惊艳。

祖母叫不出来大丽花的名，老是把它唤成大米花。这叫法实在有趣，让人暖暖地想，是一粒大米掉在地上开了花呀。表情严肃的祖父，听祖母如是叫，会笑呵呵地说她，真笨，哪是大米花，是大丽花。祖母回他，你才笨，就是大米花嘛。这是记忆里，他们最具温情的对话。

村人们也喜欢这么叫，大米花大米花的，仿佛唤自家女儿。他们走过我家门口，看到那艳艳的一朵朵花，会情不自禁对我祖父说一声："四爹，你家的大米花，开得真好看呀。"祖父的脸，便大丽花一样盛开了，开心地看上花两眼，然后背着手在门口转悠，很自得的样子。

也难怪祖父会得意了，全村其他人家都没有大丽花，单单我家有。我家因有了大丽花，便显出有点与众不同来。村里的女孩子们，都爱在我家门口转，为的是得到一朵两朵的大丽花。她们把花戴到发梢上，美滋滋地迎着风跑。

一天，一个收破烂的从我家门口过，四五十岁的大男人，居然目不转睛盯着我家门口的大丽花看，而后叹一声，真好看。祖母是个心肠好的人，见人家如此喜欢，就掐一朵送过去。那男人高兴地接了，把它插在车把上，红艳艳的一大朵大丽花，就开在男人的车把上了。男人骑着车，继续去收他的破烂，却与先前有些不一样了，笑是荡在眉间的，一朵花在风中开着，惹得看见的人，也不由自主跟着笑。

我家的大丽花，后来因房子拆迁，消失了。

某天，我翻找一份资料，竟看到久违的大丽花，红红白白地，开在一幅图片上。旁有文字介绍，说大丽花又称"大理菊"，原产墨西哥，有各种花色。白的大丽花我没见过，我固执地以为，玫瑰红的那一朵朵，才是最最美丽的。就像风中车把上开着的那一朵，一直灿烂在我童年的记忆里。

一似美人春睡起

喜欢美人蕉这花名。花用美人命名，暗地里便生了软香。

读过一首写美人蕉的诗："芭蕉叶叶扬瑶空，月萼高攀映日红。一似美人春睡起，绛唇翠袖舞东风。"端的是翠袖红妆，极尽妩媚。

花却不似美人般娇贵，它随处可长，极具大众化。

那年去珠海，满城都是美人蕉。后来我坐车去荒郊野外，见得最多的，也是美人蕉，在路旁，在野地里，不管不顾地盛开着，大把大把地艳着。

归来时，路过韶关，去看在那里定居的伯伯一家。伯伯早些年也在我们苏北乡下住，育有一儿，即我的堂哥。堂哥成年后，做乡村代课教师，娶妻生子。以为这样的美满会终老，但堂哥和堂嫂在婚姻里有了诸多不合，堂嫂爱上别人。这对一个男人来说，是极具羞辱性的。堂哥一气之下，远离家乡外出求学，辗转到广东。其间，睡过码头、桥洞，去工地扛过水泥包。

那时，堂哥写信回来，伯伯每读一回，都要哭一回。再后来，堂哥考上大学，学成归来，四里八乡都震动了。但堂嫂还是不待见他，带着孩子，跟了她喜欢的人去。从此，家乡对于堂哥来说，是块伤心地，却还要魂牵梦萦地想。遇到家乡人去，必问家里情况，问及他的孩子，留下话来，随孩子的愿，等孩子成年了，如果想来认他这个父亲，他随时敞着门的。这话听着叫人唏嘘，人世间，就有这样的不完满，谁能说得清呢？

伯伯年纪一年大似一年，被堂哥接到韶关去，扔了家里的四合院。看到我，伯伯欢喜得围着我转，这人那人的，凡他熟悉的，都问了个遍。末了，叹息一句："院子里的草，怕是长很高了，屋后的美人蕉，怕是也开花了。"

堂哥家的阳台上，摆满美人蕉，一盆一盆的，花开得艳艳的，有红有黄，热闹得有些寂寞。我不知怎么安慰伯伯，就跳过去看花，我说这美人蕉，开得可真漂亮啊。

我回家时，伯伯用报纸包了一团东西，塞到我的箱子里。我问："什么呀？"伯伯孩子气的狡黠，说："现在不许看，等回家看，包你喜欢。"他送我到门外，抬袖抹泪，说："再来啊，再来啊。"

一天一夜的火车，我到家，打开箱子，展开包着的报纸，竟是一株开得好好的美人蕉。

祖母的葵花

我总是要想到葵花，一排一排，种在小院门口。

是祖母种的。祖母侍弄土地，就像她在鞋面上绣花一样，一针下去，绿的是叶。再一针下去，黄的是花。

记忆里的黄花总也开不败。

丝瓜、黄瓜是搭在架子上长的，扁扁的绿叶在风中婆娑，那些小黄花，就开在叶间，很妖娆地笑着。南瓜多数是趴在地上长的，长长的蔓，会牵引得很远很远。像对遥远的他方怀了无限向往，蓄着劲儿要追寻了去。遥远的他方有什么？一定是爱情。我相信南瓜定是一个痴情的女子，在一路的追寻中，绽开大朵大朵黄花。黄得很浓艳，是化不开的情。还有一种植物，被祖母称作乌子的。它像爬山虎似的，顺着墙角往上爬，枝枝蔓蔓都是绿绿的，一直把整座房子包裹住了才作罢。忽一日，哗啦啦花都开了，远远看去，房子插了满头黄花呀，美得叫人心醉。

最突出的，还是葵花。它们挺立着，情绪饱满，斗志昂扬，迎着太阳的方向，把头颅昂起，再昂起。小时我曾奇怪于它怎么总迎着太阳转呢，伸了小手，拼命拉扯那大盘的花，不让它看太阳。但我手一松，它弹跳一下，头颅又昂上去了，永不可折弯的样子。

凡·高在1888年的《向日葵》里，用大把金黄来渲染葵花。画中，一朵一朵葵花，在阳光下怒放，仿佛是"背景上迸发出的燃烧的火焰"。凡·高说，那是爱的最强光。在颇多失意颇多彷徨的日子里，那大朵的葵花，给他幽暗沉郁的心，注入最后的温暖。

我的祖母不知道凡·高，不懂得爱的最强光。但她喜欢种葵花。在那些缺衣少吃的岁月里，院门前那一排排葵花，在我们心头，投下最明艳的色彩。葵花开了，就快有香香的瓜子嗑了。这是一种很香的等待，这样的等待很幸福。

葵花结籽，亦有另一种风韵。沉甸甸的，望得见日月风光在里头喧闹。这个时候，它的头颅开始低垂，有些含羞，有些深沉。但腰杆仍是挺直的。一颗一颗的瓜子，一日一日成形，饱满，吸足阳光和花香。葵花成熟起来，蜂窝一般的。祖母摘下它们，轻轻敲，一颗一颗的瓜子，就落到祖母预先准备好的匾子里。放在阳光下晒，会闻见花朵的香气。一颗瓜子，原是一朵花的魂啊。

瓜子晒干，祖母会用文火炒熟，这个孩子口袋里装一把，那个孩子口袋里装一把。我们的童年，就这样香香地过来了。

如今，祖母老了，老得连葵花也种不动了。老家屋前，一片空落的寂静。七月的天空下，祖母坐在老屋院门口，坐在老槐树底下，不错眼地盯着一个方向看。我想，那里，一定有一棵葵花正在开放，开在祖母的心窝里。

一树一树紫薇花

紫薇是什么时候开始做开花的梦的？阳春三月的天，它还一副沉睡未醒的样。别的植物早被春光唤醒，争先恐后地兜出自己的好颜色，争奇斗艳，一决高下。独独它，光溜溜的枝干上，看不出一丝快活的迹象，——它真是沉得住气。

后来的后来，有那么一天，我的眼光，不经意滑过路旁的紫薇，立时顿住了，咦，它什么时候竟撑着满树翠绿的叶子了？它不闹不喧地掩映在一片绿里头，很少有人留意到。这个时候，花事已过，世界已绿成一片汪洋。

总要等到花开的时候，众人才惊诧地发现，哦，原来这路边，长了这么多的紫薇啊。它的盛开，真是件了不得的事，端的就是云锦落下来。不是一朵一朵地开，而是一树一树地开。哗啦哗啦，紫的，白的，红的，蓝的……颜料桶被打翻了，一径泼洒下来。每瓣花，都镶了蕾丝一般的，打着好看的褶子。瓣瓣亲密地挤在一起，朵朵亲密地挤在一起，你实在分不清，它们谁是谁。于是你看到的，永远是大团大团的艳丽。——它是不鸣则已，一鸣惊人。

一只大蜘蛛在花间织网。大太阳下，蜘蛛织的那张网上，紫薇花的影子在轻轻摇晃。小时顽皮，一遇到蜘蛛网，必摧毁之。蜘蛛却倔强得厉害，它会在老地方，重建它的家园，一丝一缕的，再织出一张网来。你再摧毁，它再织，百折不挠，直到你失去摧毁它的兴趣。人与蜘蛛相比，人有时要脆弱多了。

很自然地，我想到那堵高高的围墙，它与我的少年时光，密不可分。围墙是属于一家苗圃的，墙内种植着各种各样的树木花草，紫薇居多，有一大片全是。苗圃有专人看管，看管它的是个面相挺凶的男人，他就住在苗圃入口处旁的一间小木屋里，有事没事，总是牵着一条大狼狗，在苗圃里来回巡视，寻常人进不去。

花却不受束缚，从围墙内探出头来，伸出胳膊来，逗引着过往的行人。尤其是紫薇盛开的时节，远远就能瞥见一片一片绯红的云彩，在那里飘荡，苗圃美成瑶池仙境。我上学放学，都要从那儿路过，每次都会停留许久。那时，我尚不知它还有个好听的名字叫紫薇，乡下人是唤它痒痒树的。因它枝干滑溜，轻轻一触，满树花枝乱颤，似怕痒的小女儿，你搔她痒痒，她咯咯笑着躲藏。

终于有一天，我和同桌女生，抵不住紫薇花的诱惑，逃了课，躲过守园的男人，翻过围墙去。围墙上的碎玻璃，把我们的手臂划伤，那是顾不得的。云锦一样的花，很快让我们忘记了伤痛。我们并排坐在一棵花树下，看蜘蛛织网，看花的影子，在彼此的脸上跳舞。围墙外，有人声渐渐近了，渐渐远了。蜘蛛的那张大网，被我们捣毁，它又重新织起。再捣毁，再织起。守园的男人，一直待在大门口他的小木屋里，收音机里唱着我们不懂的京剧，铿铿锵锵。那只爱吠的大狼狗，整个下午，竟一声未吠。

我们待到日暮才走，还是翻围墙。守园的男人，未出现。让我们害怕的大狼狗，未出现。我们很顺利地，偷得两枝开得好好的紫薇花。

那时只道寻常，一树花开，两个年少的人。可是经年后，我却沉在其中，欲罢不能，恨不能坐了时光的车，再走回过去看一看。都记得都记得的，青砖的围墙，墙内有成片的紫薇树。大门口有守园男人的小木屋，还有他的大狼狗。男人不是想象里的那么凶，在我们翻越围墙后的一天，我路过，大狼狗冲我叫，他喝住大狼狗，安慰我，小姑娘不要怕。

  当年的那个苗圃，早已不在了。当年守园的那个男人，后来去了省城。谁知道他竟是个书法家呢。我听人说起时，微微笑起来，眼前晃过一树一树的紫薇花。

费尽心思染作工

花店里有一种花卖，小小的一株，高不过一尺，装在小盆子里。盆子小巧，花也小巧，从密密的叶下，只绽出那一点红来，像极害羞的小女子。花是单瓣，纤纤弱弱地开着，却有着一种说不出来的可爱。捧上一盆，爱不释手地探问，这什么花呀？卖花的女人微微一笑，这是凤仙花呀，改良的凤仙花呀。心下一惊，细细看去，就看出似曾相识来，果真的就是凤仙花啊。

对这花太熟稔了，熟稔得几乎到了熟视无睹的地步。每年夏天，乡村人家的家前屋后，都是它的影啊，一大丛一大丛的。也没有谁特意栽种，它就像野火烧不尽的小草，兀自生长着。

一场夏雨后，竟来了个满场的姹紫嫣红。噼里啪啦燃开去的，是那凤仙花呀，红的，白的，紫的，黄的，极尽颜色。像用小孩子的蜡笔，一朵一朵给涂抹过。杨万里曾为此作诗云："细看金凤小花丛，费尽司花染作工。雪色白边袍色紫，更饶深浅四般红。"我觉得其中一句特形象，费尽司花染作工的，怕只有凤仙花了。

那个时候，贫穷着，乡村的女孩子们没多少好衣裳穿，但爱美的心，却不肯睡了去。总是想尽办法装扮自己，没有好衣穿那有什么要紧？四季的乡村总有那些花呀草的把自己扮靓，有草做的戒指和耳坠，有花编的花环和发箍,一一戴上佩上,也就有了环佩丁当了。最欢喜的是凤仙花开的时节,每个女孩子都可以把指甲染得通红。由不得你不佩服,女孩子们扮美的本领,她们无师自通。小小年纪,就都知道采了凤仙花的叶和茎,捣碎,用明矾搅拌搅拌,搁置上一两个时辰,凤仙花的汁液就出来了。把浸着汁液的凤仙花,敷在指甲上,拿黄豆叶包住指头,再用茅草紧紧扎住。一夜过去,第二天指甲上,准留下艳艳的红。

  我也曾摘下一朵一朵的凤仙花,用针线穿成花环,戴在脖子上,在乡间的土路上艳艳地招摇。就有乡人停了锄望了我笑,笑容温暖得跟凤仙花似的。这小丫头,是个人精,不知谁突然笑说一句,引起一阵和善的附和。当时我虽不知人精是什么,但隐约知道那是一句夸奖的话,小小的心立即飞扬起来,像蒲公英。

  许多年过去了,忘了很多的人和事,但乡人笑吟吟的那一句"这小丫头,是个人精"的话,我却一直记得。每每想起,就莞尔不已。

旱莲草

长月季的花盆里，来了个不速之客。

它是什么时候来的呢？不知。我想月季肯定知道，但月季却不说。

起初，它只冒出了一点儿的轻绿，——到底是别人的家，它很有些小心翼翼的。我仔细察看那一点新绿，以为是野蒿子之类的。想着，它既然巴巴地赶来了，那就让它住下吧。我没舍得赶它走。

它一日一日，大起胆来，完全把月季的家，当作它自己的家了。月季长，它也长，快快乐乐地抽茎，欢欢喜喜地长叶。我再细看它的茎和叶，有点类似于凤仙花。我认定它就是凤仙花了。心里乐，等着它开花。

又一些天，月季开始打花苞苞了，枝头一点鲜艳的红，犹如顶着一颗红宝石。它亦不甘落后，拼命往上蹿，与月季齐肩，且也很认真地打起了花苞苞。小，绿色的不起眼的，像粒青麦粒。我仔细辨认，才知原来认错它了，它不是凤仙花。

看它的样子，似曾相识，是童年惯见的野草之一。一时却叫不出它的名字。人有时就犯着这样的糊涂，过分熟悉的事物，反倒被遗忘被忽略着。它不介意我是否记得它，它正忙着和月季谈恋爱，一副情到深处的模样。

不久之后，月季开花了。一朵红，在绿叶的托举之下，风度翩翩，神采焕发，像个新郎官。它紧跟其后，也绽放了，小鸟依人地傍着月季。花浅白，细眉细眼，却格外眉清目秀，有点类似于小雏菊。

给它拍照上网，立即引发一股追忆童年的热潮。原来，从前乡下的孩子都知道它的，它是他们挎着的猪草篮子里的主打草，猪爱吃。他们叫它烂脚丫子。

记忆被点拨了一下，排山倒海起来。我童年的猪草篮子里，也没少有过它啊。田埂边，沟渠旁，有草的地方，它都不缺席。它更喜欢和玉米、棉花们争宠，放学后，我提着猪草篮子，一溜烟跑进玉米地或棉花地里，一割就是一篮子。

它染色极重。茎断，汁成墨色，染手指脚趾上，好多天都洗不干净。可能这也是它被叫作"烂脚丫子"的由来。

它的学名也不大动听，叫鳢肠。又名乌田草、墨旱莲、旱莲草、墨水草、乌心草。这些名字大多与它墨色的汁液有关。李时珍语：鳢，乌鱼也，其肠亦乌。此草柔茎，断之有墨汁出，故名，俗呼墨菜是也。细实颇如莲房状，故得莲名。

我偏爱它叫"旱莲草"。是生于荒草之中的莲，颇有"鸡窝里飞出金凤凰"的励志范儿。何况，人家开花的样子，也的确不难看，宛如一枚小小的莲蓬。

它还是家常的一剂药。我小时生疮，我妈拿它嚼碎了，敷在疮上，不几日便好了。它还能治偏头痛、疟疾、牙痛之类的病。民间偏方里，它是常客。

它是从什么地方跑来我的花盆里的呢？这恐怕是个永远的谜了。它是为了它的梦想而来，我却独享了这份馈赠。

丁香花开

忽而已夏。

我在呼市。每日晨后，去离酒店不远处的青城公园。丁香花的花香溢满整座园子，我走在那花香中，会恍惚，觉得自己是采蜜的一只蜂。

从没见过那么多的丁香花。那么多！满园子都是，或白，或紫，或粉蓝，累累的，像饱满的果实似的。我担心它们快撑不住了，就要掉下来。掉下来也没事，下面是绿茵茵的草地，草地上开满小朵的苦荬菜花。它们掉下来是不会摔疼的，反倒有欢喜，可以和那些苦荬菜花一起玩耍。

离远了看它们，它们就是一团团色彩，在绿意弥漫中，出挑得很，是些碎花布堆在一块儿了。得凑近了，才能看清它们的真模样。该称它们为朵吗？一朵丁香，小如虫子。长长的花托，像小女儿优美的脖颈，托着三瓣或四瓣的小花，跟张开的小嘴儿似的，好像就要说出什么甜蜜的话来。

丁香花该是以"撮"为单位的。一撮花，总有几十甚至上百朵这样的小花，密密地挤挨在一起，你不能离开我，我不能离开你，把小份的力量，积聚成庞大的，让你打老远就能看见，为之惊诧，哦，好鲜艳夺目的花！

我不大拿得准，到底该称丁香是树呢，还是灌木呢。它的性子真是好，能伸能屈，可以站成树的模样，也可以低到尘埃，甘愿做篱笆。

资料上显示：它的学名叫丁香属，该属植物是落叶灌木或小乔木，花冠漏斗状、高脚碟状或近幅状，野生品种有三十五种，先叶后花，或花叶同时。它长成一丛一丛的，好看。长成一棵一棵的，也好看。这颇像一个品貌兼优的人，无论他处在什么样的位置，身上都自带光芒。

古人写，芭蕉不展丁香结，同向春风各自愁。又或是，丁香空结雨中愁。又或是，要识愁肠，但看丁香树，渐结尽春梢。他们的丁香，都是愁着的，染着泪的。我眼下的丁香，却是欢悦的、明朗的，没有一丝愁苦的影子。那密密的花，像笑的鼓点，似乎可敲出"嘭嘭嘭"的声音。

真的就有"嘭嘭嘭"的声音传了过来。是些欢乐的市民，他们在花树下唱着歌跳着舞。又有一拨人在吹唢呐，一拨人在打快板，一拨人在拉二胡，一拨人在下棋，一拨人在打羽毛球。老年人的舞蹈队全是一身红衣，他们且歌且舞，吸引了不少人围观。也有什么也不做的，就坐在一树花下发呆。老先生推着轮椅上的老太太，从丁香花笼着的小径中走出来。丁香花盛开的水塘边，有人在垂钓。这河里有鱼吗？走过的人问。钓者只微微一笑，不说有，也不说没有，只么么握着他的钓竿，闲闲地看着水面——他在钓花香，钓时光，有鱼或没鱼，又有什么关系？

这样的俗世和日常，我相当热爱。在这里，没有战争，没有杀戮，没有饥饿，它平和、安宁，每个人都能沐着一园子的花香，找到心灵的愉悦。

人与花心各自香

是在突然间，闻见桂花香的，在微雨的黄昏。

那香味儿，起初若有似无，羞羞怯怯的。正疑心着，驻足四处张望，忽然一阵风来，吸进鼻子的，就是大把大把的香甜了。有路人自言自语道，呀，桂花开了。一脸的兴奋，是乍见之下的惊喜。心，跟着香香甜甜地一转：真的，桂花开了。那熟稔的香甜味儿，率真，浓烈，让人欢喜。

眼前恍恍惚惚的，就有一树花开了。细细碎碎的，是一树丹桂，在小院子的一角。一棵树，能染香一个村子。那时，祖母的视线，会被桂花牵去，脸上的线条变得柔和极了，她轻轻对我们许诺道，过些日子，给你们做桂花汤圆吃。

噢——！我们一齐欢呼起来，心里面真是快乐。桂花汤圆好吃，一口一个呀，那是穷日子里，我们最奢侈的向往。我们望向院子里的桂花树，对那一树细密的花儿，充满感激。

夏夜纳凉，天上挂一轮明月。祖母摇着蒲扇，对着月亮，讲月宫里桂花树的故事：有个叫吴刚的仙人，犯了大错，被玉皇大帝罚到月宫里，砍伐桂花树，他什么时候把桂花树砍掉了，什么时候才能被放出来。可是，那桂花树却奇怪得很，他一斧子下去，桂花树又迅速长出新枝来。他一日不砍，树就疯长得能撑破月亮，吴刚只好日夜不停地在树下砍啊砍。

人不能做错事啊，祖母叹。祖母是同情吴刚的。而我们，却在暗地里想，要是吴刚哪天砍累了，睡着了，那桂花树真的撑破了月亮会怎样呢？那一树的桂花，可以做多少的桂花汤圆吃啊。这样的暗想，蜜甜蜜甜的。

喜欢过一部老电影里的旁白：桂花开了，十里八里都能闻到。故事发生在战争年代，一对毫无血缘关系的孤儿——六岁的男孩、四岁的女孩，被一农妇收养，在种着桂花树的小院里，他们长大，他们相爱。后来，解放了，男孩当了大官的亲生父母找上门来，把男孩接到城里。距离之外，一切似乎都变了，包括男孩女孩青梅竹马的爱情。但有一样却没变，那就是小院里的桂花树，一到秋天，依然捧出一树甜蜜的桂花来，十里八里都能闻到。男孩的梦里都是桂花香啊，他终抵不住思念，被花香牵回到女孩身边。

这是桂花的爱情，爱就爱了，只管把她的浓情蜜意一路抛洒开来，缕缕不绝，让人魂牵梦萦，欲罢不能。

现在，桂花树不单单乡村有，城里也栽种上了。秋天时节，在某条街道上正走着，有桂花香突然撞过来。如果这个时候刚好飘过一场雨，雨不大，是漫不经心飘着的那一种，花香便被濡湿得很有质感，随手一拂，满指皆是。桂花把空气染成了一罐蜜，人泡在其中，也成了一个香甜的人了。

不由自主想起朱淑真写的桂花：一枝淡贮书窗下，人与花心各自香。这样的时光，非常的幸福，非常的暖。这样的时光，很容易想起一些人，想念他们的好，怀着感恩的心。

染教世界都香

秋风吹了几吹，桂花也就开了。

每年，它都是如此守时。不管你有没有在等，不管你有没有把它放在心上，它都会来，只为赴它自己的约。

它来，是高调着的，霸气着的。是锣鼓齐鸣着的，沸沸扬扬着的。它就是它的小宇宙。

没有人会嫌恶了它的高调。谁会呢！人家的底气在那儿摆着呢，不过一两枝花开，就能"染教世界都香"。

香是香得风也打着转转，醉醺醺不知往哪儿吹。我和那人，沿一条河边大道，慢慢走。桂花的香和甜，在身边缠绕不休。我们走到东，它跟到东。我们走到西，它跟到西。我们走到一座桥上去，它竟也跟到桥上去。像个懵懂可爱的孩童，抓一支蘸满香料的笔，逮到什么涂什么，想涂抹出一个他的世界来。你拿他是一丁点办法也没有的。也只好纵容着他，宠溺着他，任他爬到你的身上，乱涂乱画。哪一笔里，不是香和甜哪！是初入尘世的天真和好。

夜色在桂花香里弥漫。河里偶有船只驶过，呜呜响着。船头的灯，如萤火。我微笑地看着它驶过我的身侧。它是否载了一船的桂花香而去？辛苦的奔波里，拌了这样的花香，也算是慰藉是奖赏了。

虫鸣声变得轻柔，不知它们躲在哪一棵树的后面。它们喁喁着，很懂事的，生怕惊扰了什么。没到十五，月亮还不是很圆满，却更显得静美。像开到一半的白莲花，浮在靛青色的夜幕上。有人从身边走过，他们携来一阵香风，又携走一阵香风。我和那人，有一句没一句地说着些话。一切都好到不能再好。天地是。万物是。人是。情绪像鼓胀起来的风帆，意气风发，只想破浪劈涛，朝着远方航行去。

这样的时光，真真叫人舍不得。像小时候品尝那难得的一块麦芽糖和月饼，小心地捧在掌心里，傻傻地笑着、看着，快乐在心里冒着泡泡，舍不得动口去咬它。怕一下口，就把它给咬没了。

想来小时也就知道，甜美的东西，是要珍惜着的，是要慢慢消化着的。不然，就是莫大的辜负。

那人对着夜空，深深呼吸一口，再深深呼吸一口，叹道，真好啊。

是啊，真好啊。一年有这样一场桂花开，人生里，也就多出许多的不舍来。纵使遇着这样的不顺、那样的艰难，仍有这般的好时光，它不会负你，活着，也便值了！

闻 香

天一擦黑,我就出门。

我要闻香去,植物们的香。

闻香,白天自然也可以,但我以为,不够味。白天的喧嚣和芜杂太多,人与植物,都有些心猿意马。到了夜晚却全然不一样了,夜幕一经四合,再多的斑斓和热闹,也都迅速消融、沉淀下去,植物们的气息,浮游上来,纯粹、洁净、甜蜜,心无旁骛。

比方说现在,夜色拌调,再蘸上夜风几缕,虫鸣几声,秋露几滴,外面的香,便越发的浓情蜜意起来。勾人魂。

这是秋天精心烹饪的一道大餐,"弹压西风擅众芳,十分秋色为伊忙",偌大一个天地,都在喷着香、吐着甜。像刚出炉的蜂蜜糕。

对了,是桂花开了。

一出楼道口,花香就兜头兜脸地扑过来。我明明是有准备着的,还是觉得被它偷袭了,脚步欢喜得一个趔趄。哎,多好多好啊,是桂花哎。

小区里也不过植着三两棵桂花树,就香得无孔不入前赴后继的了。晚上,在小区里散步的人明显多了起来,人影绰绰。他们在花香铺满的小径上,来来回回地走,语声喁喁,搅动得花香,一波一波地荡漾。我想,他们定也和我一样,闻着香的,有些贪恋。

总要忆起好几年前，也是这样的秋季，我远在秦岭深处，入住在半山腰的一幢民房里。入夜，一座山像死去般的寂静、空落，让我颇是不安，久久难以入眠。就在我辗转反侧之际，突然有花香破窗而入，甘甜黏稠，缠绵缱绻，那熟悉的气息，让我在一瞬间安了心。他乡遇故知啊，我微笑起来，深呼吸，再深呼吸，渐渐地，在花香里沉沉睡过去。一夜无梦。

晨起，我看到离屋子不远的地方，站着一棵桂花树，醇厚的绿叶间，撒落金粟点点。暗香浮动，静水流深。

"寸心原不大，容得许多香"——这是桂花的好品德。花品如同人品，宽容、大度、热情、善良，这些加在桂花身上，都配得。

它也总要开到秋末，把秋天完美地送走，才默默退隐江湖。想想还有一些日子的桂花香可闻，我就幸福得很了。

菊　事

去冬，我把一盆开过花的菊，随手丢弃在屋旁，连同装它的瓦盆。

屋旁有巴掌大的空地，没人理它，它便自作主张地在里面长婆婆纳，长狗尾巴草，长车前子，长蒲公英，还长荠菜。我挑过一回荠菜，满像那回事的，把一份野趣挑进篮子里。后来，这一小撮荠菜，被我切碎了，烙进糯米饼里。饼烙得点点金黄，配了糯米的糯白，配了荠菜的嫩绿，不用吃，光看看，就很享受了。咬一口，鲜透牙。很是感动了一回，有泥土的地方，总会生长着我的故乡。

现在，这块地里，多出一大丛的菊来。是被我丢弃的那一盆。谁想到呢，它的花萎了，叶萎了，心竟是活的。它搂着这颗心，落地生根，不声不响地，勤勤勉勉地生长。最终，它不单自己活了下来，还子孙满堂的样子，——去冬不过一小瓦盆的花，今秋已繁衍成一大丛了。它让我想到柳暗花明，想到天无绝人之路，想到苦尽甘来，只要心没有死，总有出头之日的。

风一场，雨一场，秋季翻过，已是冬了，它还没开够，朵朵灿烂。满世界的萧条，唯它，一簇新亮，是李商隐诗里的"融融冶冶黄"，是童年乡下屋檐下的那抹明黄，打老远就看得见。路过的人，有的站着远远瞅。有的看不过瘾，走近了细细瞧。一律的惊叹，好漂亮的花！它倒是沉得住气，面对众人的赞赏，不动声色，不慌不忙地，只管把好颜色往外掏。一瓣金黄，再一瓣，还是金黄。如历尽世事的女子，参透人生无常，倒让自己有了一份坚守，那就是，守住自己，守住心。所以，冷落也好，繁华亦罢，它都能安然相待，不急不躁。

　　孤寡老人程爹，在小区的小径旁长菊。小径旁的空地，原是狭长的一小块，小区人家装修房子，把一些碎砖碎玻璃倒在里面。路过的人都小心不去碰触，以免被玻璃划伤了。连调皮的小猫，也绕着那块地走。老人清理掉碎砖碎玻璃，在里面长青菜和菊。几棵青菜，几朵菊花。再几棵青菜，几朵菊花。绿配紫，绿配红，绿配白，绿配黄，小块的地，让人看过去，竟有花园般的感觉。

　　这些天，老人除了吃饭睡觉，几乎都围着他的菊在转。我上班时看见他，下班时还看见他，背着双手，很有成就感地在小径上漫步，来来回回。一旁，他的菊，如同被惯坏的孩子，正满地打着滚，撒泼似的，把些紫的、红的、白的、黄的颜色，泼洒得四处飞溅。哪一朵，都是硕大丰腴的，都上得了美人头。

　　天冷，菊越发的艳丽，直艳到人的心里去。小区的人，每日里行色匆匆，虽是久住，彼此却毫不关己地陌生着。而今，因了这些菊，一个个舒缓了脚步，脸上僵硬的线条，渐渐柔软起来。话搭话地闲聊几句，说着花真好看之类的。或者不聊，仅仅站着，看一眼菊，相互笑笑，自有一份亲切，入了心头。再遇见，便是老相识了。清寒疏离的日子，因菊，变得脉脉温情。

华丽缘

觉得那树真叫华丽，秋的帷幕一经拉开，它就满树挂上了红灯笼，在越来越高远的天空下，光彩照人着。

路旁，它站着，一棵，一棵。春天，它新冒出的嫩叶，不是柔软的绿或嫩黄，而是带着些绛红。——这也被我们忽略了，以为那不过是普通的红叶树罢了。夏天，它的叶，走了从俗的路，变绿了，与其他植物浑然一体，这更容易让我们忽略了。虽然，它金色的小花，一簇一簇开了，也还是没有引起我们过多留意。那么细小的花，你挤我攘地团在一起，实在有些乱糟糟的。风吹，金色的小花落了一地。我们走过，望着地上铺得密密的小花，也仅仅是惊讶了一下，这是什么花呀？却根本没打算去相识去相知。路过的风景太多，它也只是寻常。

直到，有那么一天，我骑着单车，慢慢地，从一座桥上下来。桥头的景致，日日相似。桥那头，蹲着一个爆米花的男人，总见他披一件旧的军大衣，头上戴一顶旧军帽。一旁的收音机里，铿铿锵锵的锣鼓声，喧喧嚷嚷，——他在听京剧。他的脚跟前，一副铁架支棱着，下有一簇小火，烘烤着上面的黑色小滚筒，滚筒里装着玉米粒。有时，他身边围满人，大家都在等新爆出的玉米花。有时，他身边没人，他就独自摇着那只黑色小滚筒，一边咿咿呀呀跟着收音机里唱，好不自在。每望见他，我的心里，总会腾出说不出的欢喜来,他在,那个桥头,便有了温度。

　　桥这头,卖鞋垫和小物什的妇人,守着她的鞋垫摊子,用一把拂尘,轻掸着上面的尘。那动作真是优雅之极,她却不知。她只管笑微微地,一边轻轻掸着,一边拿眼看着路过的人。天地间,大美无言。果真。然后,我的眼睛,就看到了那些"花",三瓣儿抱成一朵,小红灯笼似的。一朵一朵地又缀在一起,簇拥成个大花球。远观去,绿叶之上,大捧的红花球,夺目得竟不似真的。它们在半空中盛开着,累累的,一树,一树,一直延伸到路的尽头去了。

　　我当即被它惊得目瞪口呆,它怎么可以,怎么可以如此华丽!这个时候,我尚不知它有个很端庄的名字,叫栾树,又名灯笼树的。我亦不知那些夺目的花朵,其实不是花朵,而是它结的果。果里还藏着另一个乾坤,几粒黑得透亮的种子,躺在里面,形似佛珠。也真有人拿它制作佛珠,故寺院中多栽种此树。——这一些,都是我后来询问了很多人,查阅了相关资料才得知的。这期间,它并不因我的不知道,而懈怠一点点,它殷勤地、蓬勃地结着它的果,从浅黄,到金黄,慢慢至微红,再到深红。直至一树一树,都燃烧起来了,在秋日渐深的天空下,绚烂着。

　　它让我想起我教过的一个女学生。女学生家境清寒,父亲在乡下务农,忠厚木讷。母亲是个聋哑人。她本人长相极其普通,穿着简朴,成绩一般,平时寡言少语。这样的女孩子,前途极易被人预测——至多上个三流大学,或者,回乡下去,早早地嫁人,走父亲的路。然最后,她却让所有人大吃一惊,她竟考上了一所知名的美术学院。当有人向她探询考上的经验和秘密时,她淡淡说了句,我已默默练了七年的绘画。

　　佛说,世上的苦难里,原都藏着珍珠。你能经受住苦难的磨炼,你终将找到,生活赐予你的华美。这就像栾树,在经历了漫长的沉寂之后,它终于,迎来了属于它的华丽。

富贵竹

　　我养花长草少有能活过半年以上的。在花店里,看似活蹦乱跳生机勃勃的花儿草儿,到了我手里,一律全害了相思病似的,思念故土思念故人,眼见着它们鲜亮的脸庞,一日一日瘦小下去,最后,无一例外的,全都香消玉殒。

　　朋友得知,推荐我养富贵竹。这种植物好长,水也好,土也好,只要有一点点附着物,它就绿给你看,朋友如此介绍。

　　心动。跑去花店,张眼之处,那些盆盆罐罐里,竟全长着这种竹。高的比人还高,矮的不过盈尺,全都绿意婆娑着,是绿汪汪的绿海洋。店主说,因为它好长,四季常绿,来买的人很多。我指着一盆不过盈尺的说,我喜欢只长这么高的,好摆放。店主笑了,如果它长得过高,你可以这样。他边说边操起剪刀,拔起一根富贵竹,拦腰剪断,重又把它插回土里。那一剪子,剪得干脆利落不留余地,我担心地问,会死吗?他笑,不会,它命大着呢。我疑惑,这么贱的命,为什么还叫富贵?他说,命贱才易活,这是福,福大寿才大的。而有福的,岂不是富贵?

　　我点头,以为很有道理。金枝玉叶的,大抵难逃短寿的命,纵使担了富贵的名头,却少了很多生的乐趣,像历史上那个不满周岁就死去的汉殇帝。

我买了一盆富贵竹回家。盆上有蓝黄花纹，交错而生，出土的古董似的。矮矮的三根富贵竹，紧挨在里面长，叶阔绿厚的，像粗眉大眼的丫头。憨憨的，又是充满情趣的。我无端地想起《红楼梦》里的一个人物——傻大姐，她天性愚顽，毫无心计，满大观园的女儿中，她活得最本真。曹雪芹描写她，惜墨如金，只用了几个字，就把她的外貌给概括了，"体肥面阔"，外加"一双大脚"。满眼的珠翠摇曳香汗微微里，只她一个扑着一双大脚，体肥面阔地走来晃去，多么健康！我想，红楼梦醒，一干的小姐丫头，都不可能落到好去处，反倒命贱如富贵竹的她，到哪里都可以活命的。

我把新买的富贵竹，搁电脑旁。无须我管理，它兀自长得欢天喜地。每日里，我写字写累了，一抬头，定会与它撞个照面。一盆子的绿，便水花儿一样，在我眼里乱溅开来，给我满满的清凉。

守着这样一盆富贵竹，岁月安详着，芸芸众生里的我，也算得上是个富贵之人了。

一梢堪满盘

我不知道枇杷也会开花，且开那么好看的花。果树开花本不足为奇，桃树、梨树、杏树开出花来，都是一树一树的，惊天动地着，引人注目，入诗入画。枇杷花却未曾听人提及过，哪怕只言片语。

我是在一座古老的宅院里，遇见那些花的。宅院幽深，木门木窗，保存完好。野草们顽强地在马头墙上安家落户，在季节里枯枯荣荣，细说着年代的久远。远到什么时候？天井里，一口大瓮倒立着，周围绿苔遍布。房主人——年近八旬的陈老伯，伸手一指大瓮，告诉我，这是我上祖留下的，明代的事了。

祖上是安徽人，兵荒马乱年代，拖家带口外出逃难，来到苏北。在这里定居下来，经营布店米店，渐渐发达，枝繁叶茂起来。繁华时，一条七里长街，全是他们家的。

现在呢？我问。

现在，小辈们都到江南去了，不肯回来的。留下来的，也就这幢老宅了，老人说。一只小黄猫突然跑了过来，绕着老人的脚跟转，老人弯腰抱起它。阳光的小绒毛在飞，老人像没在阳光里的一段剪影，看不清他的面部表情。

我一愣神，抬头，便看见了那些花。天井一角，一棵树倚窗而长，枝枝叶叶间，缀满花。花粉黄，小朵，朵朵相挨，瓣瓣单纯，像蜡梅。我难按惊喜，脱口叫，呀，梅花呀！老人笑了，瞥一眼那棵树，纠正我，这不是梅花，这是枇杷花。

这棵枇杷树才栽下三四年，长得好吧？老人有些得意。他的眼光像看孩子一样的，再次落到那棵枇杷树上，嘴角边慢慢漾起笑纹。

我近前，仔仔细细打量那些花，一朵朵，秀气十足，可观可赏。我久久无言。这是冬日，阳光轻浅，空气寒冷，几乎所有的花，都在沉睡。它们不用担心将来，将来——春天一旦到了，它们将在早已搭建好的华丽丽的舞台上，妖娆，万众瞩目。枇杷花呢？背景苍凉冷清，除了路过的冷风，还是冷风。

我请老人帮我跟枇杷花合了影。老人很高兴，老人说，这么多花，来年结出的枇杷定不会少，等枇杷熟了，你一定要来吃啊。

我答应了老人。回来，我查阅资料，得知枇杷开花是从这年的十一月，直开到次年的二月。如此漫长寂寞的日子，如此清寒寡欢的时光，它却绽放了再绽放，容颜清丽，素心淡定，不叫屈，不愤怒，不消沉，只管开着自己的花，活给自己看。

一朵花，便是一枚果。我找到一首写它果实的诗：大叶耸长耳，一梢堪满盘。诗无特别的，只说它果实累累地结着，一枝树梢上结出的果，就能装上满满一盘。——这才是它的感人之处、质朴之处吧，花开为哪般？要的就是果实累累啊！仿佛操劳一生的妇人，为夫，为子，耗尽好年华，容颜渐衰，终等来岁月无恙，花开静好，儿孙满堂。

才有梅花便不同

趁着天黑,去邻家院子边,折一枝梅回来。这有偷的意思了,——我是,实在架不住它的香。

它香得委实撩人。晚饭后散步,隔着老远,它的香就远远追过来,清清甜甜的。像撒娇的小女儿,甜腻腻地缠着你,让你架不住心软。我向东走,它追到东边。我向西走,它追到西边。我向南走,它追到南边。我向北走,它追到北边。黑天里看不见,但我知道它在那里,它就在那里,在邻家的院子里。一棵,只一棵。

白天,我在二楼。西窗口。我的目光稍稍向下倾斜,就可以看到它。邻家的院子,终日里铁栅栏圈着,有些冰冷。有了一树的梅,竟是不一样了。连同邻家那个不苟言笑的男人,他在梅树下进进出出,望上去,竟也有了几分亲切。一树细密的黄花朵,不疾不徐地开着,隔了距离看,像镶了一树的黄宝石。枝枝条条,四下里漫开去,它是想把它的欢颜与馨香,送到更远的地方去。一家有花百家香。花比人慷慨,从不吝啬它的香。

梅是大众情人,人见人爱,这在花里面少见。梅的本事,是一般的花学不来的。谁能在冰天雪地里,捧出一颗芬芳的心?谁能在满目的衰败与枯黄之中,抖搂出鲜艳?只有梅了。它从冬到春,在季节最为苍白最为寂寥的时候,它含苞,它绽放。它是冬天里的安慰,它是春天里的温暖。

喜欢关于梅的一则韵事。相传宋武帝的女儿寿阳公主，某天午睡，独卧于自己寝宫的檐下。旁有一树梅，其时花开正盛。风吹，有花落于公主额上，留下一朵黄色印记，拂之不去。宫人们惊奇地发现，公主因这朵黄色印记，变得更加娇媚动人了。从此，宫人们争相效仿，采得梅花，贴于额前，此为梅花妆。——原来，古代女子的对镜贴花黄，竟是与梅花分不开的。

我对着镜子，摘一朵梅，玩笑般地贴在额前。想我的前身，当也是一个女子吧，她摘过梅花么？她对镜贴过花黄么？想起前日里，去城南见一个朋友。暖暖的天，暖暖的阳光，空气中，有了春的味道。突然闻到一阵幽香，不用寻，我知道，那是梅了。果真的，街边公园里，有梅一棵，裸露的枝条上，爬满小花朵，它们甜蜜着一张张小脸儿，笑逐颜开。有老妇人，在树旁转，她抬眼，四下里看，趁人不备，折下一枝，笑吟吟地，往怀里兜。她那略带天真的样子，让我微笑起来，人生至老，若还能保持着这样一颗喜爱的心，当是十分十分可爱且甜蜜的罢。

亦想起北魏的陆凯。那样一个大男人，居然浪漫到把一枝梅花，装在信封里，寄给好朋友范晔，并赋诗一首："折花逢驿使，寄与陇头人。江南无所有，聊赠一枝春。"他把他的春天，送给了朋友。做这样的人的朋友，实在是件幸运且幸福的事。

我折回的梅，被我插在书房的笔筒里。简陋的笔筒，因了一枝梅，变得活泼起来俏丽起来。南宋杜耒写梅："寒夜客来茶当酒，竹炉汤沸火初红。寻常一样窗前月，才有梅花便不同。"诗里不见一字对梅的正面描写，却把梅的风骨全写尽了。梅有什么？梅有的，就是这样的与众不同啊！一地清月，满室幽香。那样一个寻常之夜，因窗前一树的梅，诗人的人生，活出了不寻常。

花都开好了

记忆里，乡村多花。而夏季，简直就是花的季节，随便一抬眼，就能看到一串艳红，或一串粉白，趴在草丛中笑。

凤仙花是不消说的，家家有。那是女孩子的花。女孩子们用它来染红指甲。花都开好的时候，最是热闹，星星点点，绿色的叶间，像落满粉色的蝶，它们就要振翅飞了呀。猫在花丛中追着蝴蝶跑，母亲经过花丛旁，会不经意地笑一笑。时光便亮丽得像花一样。

最为奇怪的是这样一种花，只在傍晚太阳落山时开放。花长在厨房门口，一大蓬，特别茂密。傍晚时分，花开好了，浅粉的一朵朵，像小喇叭，欢欢喜喜的。祖母瞟一眼花说，该煮晚饭了，遂转身到厨房里。不一会儿，屋角上方，炊烟就会升起来。狗开始撒着欢往家跑，那后面，一定有荷锄的父母，披着淡淡夜色。我们早把四方桌在院子里摆上了，地面上洒了井水（消暑热的），一家人最快乐的时光就要来了。

这样的花开好了的时候，充满阖家团聚的温馨。花名更是耐人咀嚼，祖母叫它晚婆娘花，是一个喜眉喜眼守着家的女子呀，等候着晚归的家人。天不老，地不老，情不老，永永远远。

喜欢过一首浅唱低吟的歌，是唱兰花草的，原是胡适作的一首诗。歌中的意境美得令人心碎："我从山中来，带着兰花草，种在小园中，希望花开早。"一定是一个美丽清纯的乡村少女，一天，她去山中，偶遇兰花草，把它带回家，悉心种在自家的小园里，从此种下念想。她一日跑去看三回，看得所有的花都开过了，"兰花却依然，苞也无一个"。多失望呀，她低眉自语。月华如水，心中的爱恋却夜夜不能忘。是有情总被无情恼么？未必是。等到来年的春天，会"满庭花簇簇"的。

亦看过一个有关花的感人故事。故事讲的是一个女孩，在三岁时失去了母亲，父亲不忍心让小小的她受到伤害，就骗她说，妈妈到很远很远的地方去了，等院子里的桃花开了，妈妈就回来了。女孩于是日日跑去看桃树，整整守候了一个冬天。次年三月，满树的桃花开了。女孩很高兴，跑去告诉父亲："爸爸，桃花都开好了，妈妈就要回来了吧？"父亲笑笑说："哦，等屋后的蔷薇花开了，妈妈就回来了。"女孩于是又充满希望地天天跑到屋后看蔷薇。等蔷薇花都开好了，做父亲的又告诉女儿，等窗台上的海棠花开好了，妈妈就回来了。就这样，一年一年的，女孩在美丽的等待中长大，健康而活泼，身上没有一丝忧郁悲苦的影子。在女孩十八岁生日那天，女孩深情地拥抱了父亲，俯到父亲耳边说的一句话是："爸，感谢你这些年来的美丽谎言。"

花继续在开。爱，绵绵不绝。

画家黄永玉曾在一篇回忆录里提到红梅花，那是他与一陈姓先生的一段忘年交。当年，黄永玉还是潦倒的穷孩子，到处教书，到处投稿，但每年除夕都会赶到陈先生家。那时，陈先生家的红梅花开得正好。有一年，黄永玉没能如期赶去，陈先生就给他写信，在信中这样写道：

花都开了，饭在等你，以为晚上那顿饭你一定赶来，可你没有赶回来。你看，花都开了。

你看，花都开好了。冰天雪地里，红艳艳的一大簇，直艳到人的心里。它让我们完全有理由相信，这世界上有好人，有善，有至纯至真。

第二辑

四时好

天上有云朵在飘,地上有小孩在跑,这个世界,真是好得很哪。

初　春

　　这个时候，一切都还是冬天的模样，一切却又开始苏醒。

　　我喜欢杉树。裸露着铁锈红的筋骨，腰杆挺得笔直笔直的，像铮铮铁骨的汉子。

　　穿行在一片杉树林中，风吹落一片一片的阳光，像吹落一瓣一瓣的梨花，在铺着铁锈红的落叶上，跳跃、闪亮。林子也是透亮着的，杉树们沐着光，静默地微笑。我看着，长长久久地看着，有眼泪涌上来。美好的事物，总叫人心里柔软。

　　我喜欢池塘和小河。水刚刚睡醒，很清澈，眉眼儿盈盈。

　　我站在一条河边，亦是长久地站着。我喜欢水里面的倒影，芦苇的，树的，还有茅草们的。去年开过花的美人蕉，和再力花，还有远处的一座小拱桥，它们倒映在水里面的样子，比在岸边的样子要动人，水波温柔地抚摸它们，它们有着说不出的温婉和妩媚。

　　我喜欢岸边暗生的苔花。嫩黄的，柔软的，又是毛茸茸的。我很想挖一点带回来长。想想，又作罢了。它们还是在它们的广阔天地里的好，呼吸自由的空气，白天晒太阳，晚上看星辰。

　　我喜欢柳枝儿。上面爬满淡黄的乳芽，活像一群活泼的小虫子。"绊惹春风别有情，世间谁敢斗轻盈"，真个是霸气得不得了。柔中带刚。

我喜欢含苞的花木。梅树。海棠。樱花。桃树。杏树。梨树。红叶李。它们的身上，爬满了花骨朵儿，如一个个音符，等着春风的手去轻弹。都是人生初相见的模样啊，纯洁，羞涩，懵懂。

我喜欢刚钻出土的小草。它们小模小样，披一身淡黄的新绿，睁着新奇的水汪汪的眼睛，打量着这个全新的世界。遥看如一抹绿烟轻起。

我喜欢鸟的鸣唱。跟别的时候真是不同，分别了一个冬天，它们回来了。是久别重逢。彼此间有着说不完的话，道不完的情。于是，都扯着嗓子唱啊说啊，啾啾唧唧个没完没了，又愉悦又欢欣。我能一听就是小半天，听得心里面长出温柔的水草来。

我喜欢风。这个时候的风，可以称作春风了。它们也作势般的，呼呼地扑过来，但你不要怕，它们纯粹是吓唬人的。它们少了凌厉和尖削，多了温柔和好意，我闻见风里面的清香和清新。哪处的花开了么？哪处的小草和新叶长出来了么？

我跟着风走，一边走一边找。我找到结香了。好几大棵的。上面的花苞苞，有的已撑不住开了。我低头闻闻，香得很。我还找到了一些野荠菜，绿汪汪的。真好啊，在城里的绿化带里，居然有从乡下跑来的野荠菜。

我喜欢小虫子。我在看书，书里面突然爬出一只小虫子，居然是一只漂亮的小瓢虫。好奇怪的，难道一个冬天，它都躺在我的书里面睡觉？若不是，它又是从什么地方跑来的？神奇的世界里，住着太多神奇。

我喜欢稚童。白天，太阳好的时候，他们可以不用戴着厚厚的小绒帽了，也不用穿得那么臃肿了。他们追着一朵阳光，蹒跚着向前奔去，一个博大的世界，在等着他们。

我一边笑着看，一边在心里面说，孩子，你且慢慢走，慢慢长啊。人生最美莫过孩童时。

醉春风

春天的绿来了。

春天的红来了。

春天的黄来了。

春天的紫来了。

千万张春天的脸，叫人眼花缭乱。叫人惊慌失措。叫人无可奈何。

一棵柳就足以让人沦陷。

一棵桃呢？

一棵海棠呢？

一棵樱呢？

噼里啪啦，噼里啪啦，满世界都像是点燃了爆竹，这里那里，全都炸开了。无论是叶，还是花，望过去，都如煮沸了一般。

春风呢？它整天一副醉醺醺的模样。不醉不行啊，梅花酿喝完，它要喝樱花酿。樱花酿喝完，它要喝桃花酿。桃花酿喝完，梨花酿又端上了。菜花酿又大坛大坛在后面等着哪。

人出门，被这样的春风吹上一吹，人也跟着醉了，醉眼迷离，脚步踉跄。

请原谅春天任何的醉态和出格。

真想躺到哪块草地上睡上一觉。

却睡不着了。草地上的秘密真多啊，蹲下去你才发现，哦，居然有那么多那么多的小花儿，白的，黄的，红的，粉的，紫的，蓝的，跟小虫子似的，齐齐冒了出来。它们蹦蹦跳跳，敲锣打鼓，欢天喜地。它们是打哪儿来的呢？——哦，不不不，它们根本没有走远路，它们世世代代，就住在这块土地上，你才是客，你是个偶然惊扰了它们的路人。

婆婆纳的花朵，还如去年一般精致。小碟子一样的，泛着蓝瓷一般的光。每一只里，都盛满一个旖旎的春天。我恨不得变成一块小点心，摆进这小小的蓝碟的中央，我就这样，把自己献给春天好不好呢？

蒲公英的黄衣裙，总是那么鲜艳明亮。它是最适合伴着《春光美》那样的曲子跳舞的，它水波旋转的样子，让人的眼睛一再沉溺。

还有一种草叫通泉草。这名字有意思得很，通泉通泉，是说它和泉水之间，有着私密的往来么？花也有意思，浅紫的花托，浅白的花瓣，是只小小鸟，微微探出半个头来，像在和谁捉迷藏。

荠菜花么，细细看去，也好玩。它们大多数身材苗条，头上顶着朵碎碎的小白花，像戴了顶碎花帽子，风轻轻吹，它们跟着轻轻摆，似一步一款地在走路。它们是花里面的小淑女。

苦菜一听其名，就叫人皱眉头。似乎是一个饱经不幸摧残的人，彻头彻尾都是苦楚。其实，才不，它一点也没有苦相。它的小花，是一种柔美的嫩黄，每一个花瓣，都似细细裁剪过。不识的人，会把它的名字叫错，叫它小菊花。你盯着它看啊看啊，有一种明亮的东西，慢慢地，溢满你的心房。

不远处，几棵花树上，蜜蜂成群结队。它们撅着肥硕的屁股，把大半个身子埋进花里面。穿着斑点衣的蝴蝶，在花丛中乱舞。它们是真的不知道，该向哪一朵花示爱才好。

春绿初出，春心荡漾。

不荡漾不行啊。你看这满眼的春水春花,春风春光,都是叫人成魔的。

这个时候,谁会御驾春风,和花朵一起到来呢?

曾许愿,在花树下遇见谁,谁就是我的知音。

被春恼

春天，真叫人舍不得，一万个的舍不得。

舍不得那些树。舍不得那些草。舍不得那些花。舍不得那些水。舍不得慢慢爬上墙的绿。舍不得吹过来的细软的风。

吹得人的骨头都酥了。

走在春天里，总有幸福不期而至。眼睛随便瞟向哪里，都有一团的好颜色相迎，倾巢而出，四野惊动。

春天，是神赐给众生的恩泽。不分贵贱，无论强弱，不偏不倚，绝对公平。

嫩，是嫩得不能再嫩的。艳，是艳得不能再艳的。万亩春风，一点一点，染绿万亩河山。冷不丁的，你就撞到一河的碧水，噙着一树桃花的影子。有小鱼，从花树的影子间穿过，像潜入水底的燕子。它们有它们的秘密要说。你站在那里，悄悄看，似一个偷窥者。

油菜花最不拘小节。它们成群结队开得，离群独处也开得。乡下开得，城里也开得。河畔开得，砖缝里也开得。你路过一个小区，小区的围墙根，散落了一些碎砖头。平日里也不大留意那里，这时候，砖缝里，居然钻出两三棵油菜花来，一身的珠光宝气，黄得耀眼，似乎把家底儿全给兜出来了，不藏不掖，仿佛在对着一个世界说，来吧，来吧，我有的，全都给你。你看着那几棵油菜花，微笑，你心里面有感动。你知道它们一定是从乡下跑来的，该是从去年夏天起，就上路了。一路上，一定吃了不少苦。风送一程，鸟送一程，雨也会送它们一程吧。你从小在乡下长大，你懂它们。

垂丝海棠开得最是天真，照见赤子之心。那些小花朵头挨头，肩并肩，仿若一群小稚童，坐在树上，好奇地打量着这个世界，清澈的双眸里，映着明净的天空和云朵。

人家的花坛里，不知何时落下的一棵香菜，也顶着满头的碎花了，素净的白。月季、虞美人、二月兰、鸢尾也都争相开了花，无一不用尽热烈。紫玉兰的花，是要仰着头看的。它们开放在枝头，活像一群紫色的小鸽子蹲在那儿，叽叽咕咕，叽叽咕咕，在说着春天的情话。

唉，美啊！你也只能很俗地这么感叹。因为你词穷了。——春天最让人词穷。

何止是词穷！春天还让人手足无措，心里蓄着无数想说的话，却又说不出。美得太泛滥了！太铺张了！太不可思议了！好比你本住在穷乡僻壤，守着茅屋清贫度日。谁知一夕间，你竟坐拥锦绣无数，完全跟做梦似的，如何吃得消！

杜甫写春天，一提笔就直抒胸襟，"江上被花恼不彻，无处告诉只颠狂"。想他堂堂一个大男人，也吃不消春天的好了。花开得那等烂漫，烂漫得叫他欢喜得着了恼。身边却无人与他分享，怎生消受！他后来又写道，"报答春光知有处，应须美酒送生涯"，你立即把他引为知己。真想携了酒去，与他花下对酌。他是被花恼，你是被春恼啊。

一只小猫，不过两三个月大小，走路还有点蹒跚。它从围墙的铁栅栏里钻出来，铁栅栏那边，迎春花大捧大捧地开着。小猫看见人，不害怕，主动跑来跟你亲近，仰着小脸蛋，喵喵叫着跟你打招呼。你蹲下身抚摸它，它很信任地躺下来，任由你抚摸。生命的最初，是一个春天来相见，不设防。

两个稚童，在一棵花树下玩耍。冬寒去了，他们很像刚钻出土的小草，小胳膊小腿的，灵动活泼。他们在玩一辆小童车，这个坐上面，那个牵着走。过一会儿，他们互换一下位置，那个坐上面，这个牵着走。就这么玩着，没完没了，却兴致不减。

有意思吗？你或许觉得无聊。可在小孩的眼里，没有一桩事，不是庄严而有意思的。没有一个时刻，不是庄严而有意思的。你突然的，好想变成他们，那么无忧无虑地玩耍一回，任暖风吹过，任花瓣落在身上。

一对老夫妇迎面而来。老先生的脚一拖一拖的，明显走路不稳。老妇人牵着他的手，一步一步，慢慢走在他身边。他们的步调，惊人的一致。你站到路边，目送他们。他们走过一棵花树去，再走过一棵花树去。春天的阳光，晃花人的眼。

看 春

　　城里的春天，多半是零碎的，小打小闹着的，不过是人家窗台的一盆花，城边河畔的一排柳。乡下的春天却全然不一样，乡下的春天，是极讲排场的，仿佛听到哪里"哗"一下，成桶成桶的颜料，就花花绿绿泼下来，染得满田满坡皆是。这时的乡村，成油画，是最有看头的。

　　于是去乡下看春天。

　　我们去的地方，是一个叫新曹的小镇，它有五万亩的油菜地。车子在修得平坦宽敞的乡间道上，一路奔去，奔向那菜花深深处。以为就到尽头了，哪知车子一拐，竟又撞上一片菜花地，又铺开一片黄色汪洋，绵绵不绝。同行中一人问，美吧？我笑而无语，不堪说，不堪说，只一任眼睛，掉进那汪洋里。古有女子对镜贴花黄，我想这花黄，该是菜花的颜色才对，眉心一点艳，有惊心之感。

　　跟一些植物相认，不是初相识，是久别重逢。牛耳朵、刺艾、乳丁草、三叶草……这一些，我多么熟悉！乡下是草们的天堂，草们是羊的天堂。小时养羊，天天提了篮子去挑羊草。却贪玩，在草地里捉蚱蜢，或扣了篮子玩老鹰捉小鸡的游戏。等到日落西山了，才想起篮子还是空的呢，野地里，随便找几根草秆，把篮子架空，然后割一把青草，摊上面，看上去，就是满满一篮子翠绿了。回家，在大人面前晃一下，让他们看是满篮子青草呢，趁他们不注意，人已溜到羊圈边，把那把青草扔进去。大人问起，草呢？响亮地回，羊吃了。真是可怜了那些羊，半夜里饿得直叫唤。

不知现在的孩子，玩不玩我们小时玩的游戏了。不知现在的羊，还会不会半夜饿得直叫唤。我看到草地上，有一群羊，正悠闲地吃着草。同去的姑娘惊喜地叫，羊哦。同去的老先生神态安详，淡淡一笑道，羊有什么看头？我听着，莞尔。

蚕豆花开了，星星点点，伴在菜花旁，像撒下无数的小眼睛。白萝卜的花，是粉紫的，小蜜蜂们围着它嗡嗡。我好不容易等到一只停在花蕊上，给它拍了一张照。一种叫婆纳头的草，开粉蓝的花，花细小得像米粉。我拉近镜头，拍下那粒粉蓝。再看显示屏上，分明是一朵美娇娘啊。这野地里，到底还藏了多少美？无论卑微与否，它们都认真地绿着，认真地开着花，不辜负春天。我想，这才是活着的真姿态罢。

看到一丛荠菜花，细碎的翡翠色，清秀，清纯。我悄悄拍下它，让同行的人辨认，这是什么花？结果大家都没认出来。我很有些为荠菜叫屈，它一季的美，到底为谁？或许，它谁都不为，它的美，只属于它自己。

路边看见养蜂人，正在那里忙碌。他们的头上裹着头巾，脸上刻着岁月的沧桑。这些养蜂人，听说是从闽浙那一带来的，他们天南地北地追着花跑，此处花息了，又将迁徙到他方，去寻找另一场花。一旦成为养蜂人，四处漂泊，将是他们的生活常态，他们幸福吗？我看过商场货架上摆放的蜂蜜，一瓶一瓶，盛满甜蜜芳香，想那里面该有多少花的魂蜂的魄，还有养蜂人的颠沛流离？

这世上，很多时候，苦乐自知。好好活着，才是本质。我唯愿这个春天，他们是快乐的。

相逢又一春

虽说进入四月了,天气还是有些冷。几个文友,相约了在这个春天聚一聚的,都因这乍暖还寒的天,把日子一推再推。再等等吧,等气温真的回暖了再聚吧,我们都这么说。但草绿花开,却是等不及的,它们铺排着属于它们的锦瑟年华,像在你面前抖开了一匹绸缎,哗啦啦倾倒下来的,都是藏不住的绮丽。

逛街去。慢慢走着去。我喜欢沿着护城河走,河边植了柳与桃。这时节,柳绿得正好,万条垂下绿丝绦;桃花也刚刚开,羞答答地开。——这是桃红柳绿最好的注解。一河两岸的春光,便很是旖旎起来。

沿河多地摊。多是卖些小玩意的,廉价的首饰铺了一地,还有些旧碗旧花瓶。说是古董呢,却不值钱,十来块钱就能抱一个小花瓶回家,插上一枝桃花,正正好。卖旧书刊的摊子,横七竖八地插在里头。书都是蓬头垢面的,是被一纸休书休回家的妻啊,昔日的怜爱不再,只苦等着上天垂怜,派了谁来拯救,好重新开始另一番人生。

谁来呢?来来往往的人,少有在那些摊前停下的。我走过去,蹲下,一本一本地翻。里面不乏有惊喜,我翻到一本《泰戈尔诗集》,还有一本《人间词话》。我问:"多少钱?"摊主正埋首在一本旧书里,他头顶上一树柳绿,在他脸上荡漾。他瞟一眼说:"四块钱一本,不还价的。"如此便宜，我哪里会还价？痛快地给钱，抱了它们走。

卖些粗瓷的碗和盆的摊子，半天守不来一宗生意。但他们每天还是来出摊，一张旧帆布铺开，碗啊盆的垒在上头。冷天里，他们袖着双手，缩着脖子，望过路的行人。摊子连着摊子，摊开的是生活，卷起的还是生活。凡尘俗世，求生活永远是第一位的。

也总是遇见那个人。三四十岁吧，瘸着一条腿，脖子有点歪，侧着半个身子，在街上走，嘴里间或发出"咻咻"的声音。旁有人说："傻子，会打人的。"却从未见他打过人。身上的衣着，也不见凌乱，是有人善待的样子。他走过那些摊子，摊主们都笑嘻嘻地站着，看他，他也回他们笑嘻嘻。他偶尔会蹲下，抓他们摊上的东西，一个碗，一本书，或一只手镯，摊主们都不追讨，由了他去。今日，他抓起一个摊位上小孩子玩的拨浪鼓，饶有兴趣地握手上玩。摊主很宽容地说："拿去玩吧。"他果真地拿走了。天空明净，一旁的柳绿着，一旁的桃红着。一年又一年，我们以各自的姿态，在这个尘世里，活着。

我折一枝柳，一枝桃。后来，我又寻得一枝迎春花，花开得要谢了，可还是依稀窥见它昨日的风华。家里有敞口的玻璃瓶，足够容纳它们了。我灌半瓶清水，把它们统统插进去，让它们在我的玻璃瓶里相会。而我只要一抬头，便与一个春天相遇了。

打　春

不知是不是古人的性子比今人的急，春天还离得老远，冬天的冰寒还在，他们就张罗着迎春了。

怎么迎？早早用桑木做了牛的骨架，冬至节后，取土覆盖其上，塑成泥牛。立春这天，众人皆盛装而出，载歌载舞，用彩鞭鞭打塑好的泥牛，祈求一年风调雨顺，五谷丰登。礼毕，抢得泥牛碎片归家，视为吉祥。

起初，这也仅仅是皇室行为，每逢这天，皇帝亲自出马，主持这场仪式。史书有记载，泥塑的春牛"从午门中门入，至乾清门、慈宁门恭进，内监各接奏，礼毕皆退"。那场景，浩大隆重，庄严神圣。后来，这种仪式流传至民间，成为全民运动，代代相传，谓之，打春。

这里的"打"字，极有意思，透着欢腾，透着喜庆。在过去很多年代里，农事其实就是牛事。没有牛耕地，哪来的土地松软，五谷丰登？而一冬的歇息，农人们早就急不可耐了，他们日日与土地亲，哪里经得起一冬的闲置？骨头都歇得疼的。我的母亲就是这样的，带她来城里过两天舒坦日子，她浑身不得劲，软绵绵的，仿佛生了病。放她一回乡下，她啥事也没有了，精神抖擞，眉开眼笑，地里的活儿多得数不尽，她哪里有空闲生病？照我母亲的话说，做活计做惯了，歇不下来的。

牛呢？整个冬天，它都卧在牛屋里享福，长膘了，身子骨也懒了。这个时候，需要敲打敲打它，给它提个醒，伙计，是时候了，该活动活动筋骨，下田春耕了。一年之计在于春，春的劳作，至此，轰轰烈烈拉开了帷幕。

其实，在彩鞭挥打中，不单单透着欢腾，还透着亲昵。哪里是真打？而是轻轻拍打，带着疼惜，带着宽容。像唤一个贪睡的孩子，你看，厨房里有那么多好吃的，外面有那么多好玩的。吃？不，不，这还不足以吸引孩子，玩才是顶重要的。风起了。风暖了。屋外的鸟叫声多起来，风筝可以飞上天了。孩子睁开睡得惺忪的眼，窗外的热闹，招惹得孩子心里痒，孩子一跃而起。

我以为，春天一定也是这么一跃而起的。它从沉睡的土地上，从沉睡的河流上，从沉睡的枝头上，从万物沉睡的眉睫上，一跃而起。哎呀，一拍打，浑身都是劲，它伸胳膊踢腿，满世界地撒着欢。

乡下有谚语："打了春，赤脚奔。"好长时间里，我不能明白这句谚语，打了春，天也还寒着，甚至还会飘过几场雪，哪里能赤脚奔跑？现在想着，那其实是人的心里怀的一种期盼，是恨不得立即轻舞飞扬，在裸露的枝头上，长出翠绿的梦想。有期盼，这人生活着才有奔头。

现在，农人们的农具擦得锃亮。河流解冻的声音，如同歌唱。紧接着，虫子醒了。紧接着，万物萌芽。紧接着，花朵以花朵的样子绽放，青草以青草的样子碧绿。春天不负众望，就这样，被打来了。

每一寸时光,原都是缤纷的

病中,整个人像被搁浅在沙滩上的鱼,每日醒来就想,这日子该如何消遣?

鸟叫声渐渐稠密,唧唧,啁啁,丰满着我的窗。冬天快走了,春天就要来了,鸟最先知道。鸟是天际间的灵。

客厅的藤椅上,阳光率先坐上去。我倚在房门口看,直直觉得藤椅上的阳光像一个人,一个装满甜蜜和热情的人。它在,便是明媚便是花开。

花架上的水仙,也真的开了。它捧出一颗鹅黄的、香喷喷的心,冲着阳光,昂昂然,很是骄傲的样子。仿佛在说,瞧我,有本事吧,可以开得这么好看这么香!

的确好看。"瓣疑是玉盏,根是谪瑶台",说的是它。"仙风道骨今谁有?淡扫蛾眉篸一枝",说的还是它。香就更不用说了,水仙香得很,不过几朵小花,就能染香一屋子。看着它,我总忍不住要惊奇,那么小的一朵儿,怎么就有那么大的能耐呢?掏出来的是香,再掏出来的,还是香。

我想起老家的凡芳来,一个矮小瘦弱的女人。女人天生的矮个子,个头只跟十来岁的孩子差不多。一生育有五个子女,男人中途殁了,那个时候,她最小的儿子还抱在怀中吃奶。村人们都以为她过不下去,劝她把孩子送人。她不肯，一个人在日子里摸爬滚打，养大五个儿女，且个个都养得生龙活虎的。五个儿女中，有四个念完大学，留在了大城市工作。村人们说起她，没有不敬佩的："那么瘦小的一个人，把一群儿女养得那么好。"

生命就是这么神奇的一件事，有时的弱小，却蕴含着巨大的能量，让人不容小觑。

我坐到藤椅上，和阳光相偎。这个时候，我很像一株植物，像花架上的水仙，像阳台上的瑞香和杜鹃。我对着这些植物笑，感觉它们也在对着我笑。我想起一个孩子说的话："我弹琴给花听，花便跳舞给我看。"孩子在家门口练琴，家门口长一丛九月菊。每当他弹琴的时候，那些小花听见了，便都跟着他的旋律舞起来。生命与生命之间，一定存在着某条秘密通道，相互抵达，温暖，喜悦。

隔壁人家的男人在刷墙，提了赫红的漆桶。男人常年在外打工，极少归家，想来他是想趁着这个正月空闲，好好装扮一下他的家。不过三间普通平房，瓦灰灰的，墙灰灰的，然在男人的眼里，它是他美好的家。赫红的漆，刷在灰灰的墙上，艳极。男人每刷几下，就退后几步看，很是满意的样子。他的样子，让我心中溢满感动，生命原是充满热爱的，贫穷一点又何妨？只要有热爱，它一样是绚丽的。

手机响，跳出这样一条信息来："梅子，生病有时也是一种福，你可以一门心思地享受时光。你就趁着上苍给你的这次生病机会，好好享受吧。"我笑了。当病痛与我不期而遇，我终于让自己的脚步彻底慢下来，我可以长时间地听鸟叫，看花开。我可以花一整个下午的时间，与温暖的阳光偎在一起，看隔壁那个抹墙的男人，怎么把一面粗陋的墙，变得整洁起来华美起来。每一寸时光，原都是缤纷的，值得好好消磨与品尝。

一代一代的春天

春天的冷,到底有限得很,几番风雨后,气温回升。沉睡了一冬的虫子们不老实了,一个个争先恐后着要出来。我在阳台上小坐,看到一只睡醒了的蜜蜂,在窗户的缝隙间,探险般的,左冲右突。也见到一只蛾子,在我养的一盆瑞香的叶子上,跌跌撞撞。等到它们全部爬出来,天下便都是春的了。春天是被虫子们驮在身上的。

走过一片草地,枯黄的草看上去仍是枯黄的。但当你蹲下去细看,发现草根处,已然冒出点点的新绿来。那么稚嫩,柔软,婴儿的眉睫似的。你知道,用不了多久,那绿,便茁壮起来铺陈开来,世界将是新绿的一个世界。

一些树,不动声色地在进行着一场新老更替,老叶褪去,新叶长出来。譬如樟树。譬如广玉兰。生与死的交接如此自然而然,几乎不着痕迹。你仰头微笑着看一会儿,感动了。而另一些树,像栾树和紫薇,光秃秃的枝条上,已如解冻的河流般的,急流奔涌。是的,那上面爬满翠绿的希望。虽然现时还不大看得出来,——那些乳芽,太过细小,但枝叶的葱郁繁密,也不过是十天八天后的事。

垂柳的变化最是明显,满身缀着嫩黄的芽。那些芽,粒粒饱满得像雏鸡的眼睛,汪着一泡水汪汪的清纯。这个时候,最适宜远观了。你在某个桥头站定，微风拂过你的脸，拂过河堤两岸。千万条柳枝一齐随着风舞动起来，缭乱缤纷，烟一般缥缈。绊惹春风别有情，世间谁敢斗轻盈？唯有柳了。

紧接着，桃花该开了。梨花该开了。菜花该开了。花事一个接着一个。不，不，一个接着一个太慢了，哪里等得及？是要一哄而上挤挤闹闹登场的。于是乎，好颜色被抖落得满天满地，天地一片斑斓。忙不过来的是人，踏青去！赏春去！看梨花。看桃花。看菜花。春天端出来的，是一场又一场盛宴，视觉的，听觉的，味觉的。

说到味觉，就闻见了荠菜香。这个时候，荠菜正当时。去野地里寻荠菜是一大乐事，吃荠菜则是另一大乐事，鲜嫩的荠菜可拌可炒可烧。若把荠菜剁碎了，和些肉末子，那是包春卷最上好的料。不得不佩服我们的老祖宗，在吃上玩尽智慧，居然想出包春卷。人的心真是贪得可以，把春天卷进去，卷进去，春天就溜不走了。

心情无端好起来。春天的阳光，照到心底去了，人的脸上不知不觉焕发出笑容来。路上遇见，都是一脸春天的模样。天蓝云白，水秀草青，这个时候的人多亲切多慈善啊。

小母亲坐到阳光下，教她的幼儿学唱歌：小燕子穿花衣，年年春天来这里。我问燕子你为啥来，燕子说，这里的春天最美丽。小母亲问孩子，宝宝，这里的春天美不美呀？孩子咿咿呀呀。小母亲笑了，接着唱，声音温柔得挤得出水来。她低头看向孩子的眼神，是永远的春天。一代一代的母亲。一代一代的幼童。一代一代的小燕子，拂柳穿檐，喜乐汤汤。一代一代的春天！

五 月

五月，是没有多余的话要说的。

就像一个人，已然经过青春的轰烈，渐渐落入过日子的寻常与平稳中，一鼎一镬，温暖敦厚，是不用再急急地去表白的。五月的表情，喜悦平和。

草木走到五月，已走到它们的盛年。这个时候，没有一棵树不是绿的。没有一棵草不是蓬勃招展的。杉树的叶子，青嫩青翠得可以摘上一把，拌了吃。爬山虎携着一枚一枚的绿，贴满了人家满满一面墙。我早上走过时，望上几眼。晚上走过时，再望上几眼，心底有绿波在荡。

鸟的叫声，也是饱含了绿意的，只轻轻一婉转，那绿，仿佛就滴淌下来。我抬头，看到一只鸟，野鹦鹉，或是画眉，正站在一棵浓密的银杏树上发呆。那是午后的好时光，阳光打在银杏树上，片片叶子，都闪闪发光。一个老人从树下过，手上托一把茶壶，施施然。我望着，心动一动，笑了，五月是这样的安妥，风清日朗，让人步履轻盈。

五月的花不多，少有漫天漫地的了，但一个顶一个卓尔不凡。譬如槐花。譬如蔷薇。

你不用眼睛看，用鼻子闻闻，就知道是槐花开了，它把甜蜜的气息，一点不留地泼洒在半空中。你顺着甜味找过去，准不会让你失望，一树的槐花，撑着一肚子洁白的甜蜜。——但你还是要惊喜一番，哎，槐花开了！恨不得像小时一样，爬上树去，捋上一把吃。但到底，你只是站定了，不动，静静地看着那一树莹白的花。岁月过去了很多年，花还是昔日的样子，真好。

蔷薇则开得比较含蓄。它像温婉娇小的女子，踩着五月的节拍，不紧不慢地，碎步轻移，一朵一朵往外吐。每一朵，都是精挑细选的，细皮嫩肉的好模样。人家墙头上有那么一丛蔷薇，那墙头就幸福得不得了，尽管油漆斑驳，却清秀古朴得很。

五月还有个节气，叫小满，"物至于此小得盈满"。小富则安。我却在这叫法上低回，小满小满，是小小的满足。日子里，少有大起大落的，要的就是这小小的满足，来安抚走倦了的心。

这个时候的乡下，现出丰腴富足的好景象，"麦穗初齐稚子娇，桑叶正肥蚕食饱"。还有桃结果了。还有梨结果了。新蚕豆也上市了。

母亲说，回家一趟吧，家里的蚕豆可以吃了。我这才发现，街上到处有卖新鲜蚕豆的，碧绿饱满的荚里，躺着翠玉一般的蚕豆。雪菜烧是好的。蒜苗烧是好的。油焖是好的。哪怕就清水煮着，稍稍搁点盐，也是一股子的清香，又粉又嫩。想想世上有这般美食，总是让人舍不得的。

五月，气温变得四平八稳，不再上蹿下跳，我们开始穿单衣了。棉袄晒晒收起来。围巾晒晒收起来。厚被子也换成薄的了。冬日的沉重，彻底远离。隔壁邻居家的小孩最高兴，他刚学会走路，整天被包裹得里三层外三层的，走路像企鹅。现在，他自由了，一件汗衫套着，藕段般粉白的四肢乱动，就差有一对翅膀飞上天了。他急急地走，急急地，后面跟着他的祖母，一迭声叫，慢点，慢点。小孩哪里听，他只管一路向前冲着，挥动着双臂，咯咯笑着，满满的世界，满满的未知，等着他——一相见。

夏　夜

　　夏天的夜晚，出门是件幸福事，人似乎是踩在琴弦上了，或是鼓点上了，每一步里，都有音符在蹦跳，在流淌。

　　这个时候的大地，就是一架上好的琴和鼓。风也来弹唱，露珠也来敲击。最忙的乐师和歌手，该数虫子们了。它们中间，高手林立。

　　连续多日不下雨，青蛙们是懒得出来的了。除非去乡下，到稻田里可寻些。或路过某个池塘，可听到它们一展歌喉。别的地方，也就偶尔听得三两声，都是不成气候的。大多数时候，这夏夜的舞台，是交给虫子们的。

　　蝉是不消说了，那家伙太高调了。也难怪，谁让人家天生技艺超群呢！若是在昆虫世界里搞个歌咏比赛，它非拔得头筹不可。它会的乐器种类应该不少，一会儿敲着架子鼓，一会儿弹着吉他，一会儿又拉起手风琴。有时，你走到一棵树下，会被它的大嗓门吓一大惊。它绝对是蓄意的，就等着你走近了，突然"吱——"的放一嗓子，绝对的高音。这爱恶作剧的家伙！发出的声音跟金帛撕裂似的。不，不，比金帛撕裂要强烈得多，简直是拿了大号在吹。且不带气喘的，一口气能吹上十里八里去。

　　倘若你刚好经过一片林子，那就不得不听听它们的大合唱了。林子里埋伏着成百上千只的蝉，人来疯似的，比赛着甩出高音和长音。是C

大调呢，还是D大调呢？一时也难分清。只觉得那声势的浩荡，不亚于一场狂风骤雨，哗啦啦，哗啦啦，大珠小珠落玉盘。

哎，耳膜子真有些吃不消了，赶紧走人吧。走过这片林子，是草地，是花丛。春天结香开着一团一团鹅黄的花，香得呛人。鸢尾花和虞美人，则是用色彩说话的，隔老远就瞭得见那一片绮丽。现时，它们的花期早过，叶很茂密。蟋蟀、纺织娘，还有别些个小虫子，把这里当作乐园，它们在里面谈情说爱生儿育女，唧唧情话一箩筐。

蟋蟀在乡下，是叫蛐蛐儿的。这得名于它的叫声，蛐蛐，蛐蛐。虽声音有时也很嘹亮，但比起蝉来说，要文雅得多了。也有野趣，不吵人。有老人背井离乡，跟着儿女到北京城里住，日夜思念老家，茶饭不香，夏天尤甚。老人说，听不到蛐蛐叫了。孝顺的儿女，就托人捉了几只老家的蛐蛐去，用笼子养着，挂在老人的床前。蛐蛐们很善解人意，它们能从夏天，唱到秋天，唱到冬天。老人自此胃口大开。我信，蛐蛐儿会唱一首思乡曲，慰了老人思乡的心。

纺织娘是适合唱越剧的。你且听它唱来："轧——织"，"轧——织"。轻轻的，轻轻的，如此反复，时轻时重，时缓时疾，缠绵悱恻。又突然的，"织呀——"一声长调，像薄绸子飘向天空。极容易让人想到"纤纤擢素手，札札弄机杼"那样的诗句来，夏夜因它，变得很有些古意了。

另一些虫子的声音，唧唧的，如细浪逐沙，又如梦呓。站着倾听一回，听得心里面泛起浪花朵朵。

听　蛙

这两天，颇能听到几声蛙鸣，在夜晚。

一开始，我以为听错。蛙声在乡下不足为奇，乡下的夏夜，没有蛙叫，那还叫夏夜么！那简直就像沙漠里没有沙子，北冰洋里没有冰山。

乡下的夏，是因蛙们而丰富丰满的。天边夕照的绯红，才刚刚收去尾梢。虾青色的夜幕，才刚刚拉开一丝缝，蛙们已等不及了。它们彩排了一天了，这个时候，争先恐后地登台，鼓足了劲，亮开嗓门，一曲又一曲的大合唱，便响彻四野。

乡人们习以为常了，任蛙们的歌声再嘹亮，他们愣是一点小小的惊诧也没有。他们在蛙声中吃晚饭、洗漱、纳凉、睡眠。稻田里的水稻，催开了一团又一团细粉的花，于夜风中播着清香。还有棉花。还有玉米。还有黄豆、南瓜、丝瓜和向日葵。还有厨房门口那一大蓬紫茉莉。哪一样没有被蛙们的歌声灌醉？开花的拼命开花，结果的拼命结果。露珠在蛙声中轻悄悄滑落。夜鸟偶尔一声轻啼，是做了一个溢满歌声的梦吧？天上密布着的星星，似乎变得更亮了。

夏夜的村庄，是交给蛙们的。

可这是在城里，城里哪来的蛙呢？我侧耳谛听，没错，是蛙叫。和乡下肆无忌惮的叫法不同，来到城里，蛙们到底有些拘谨了，完全是试探式的，呱，呱，一两声。停停，换换气，再来一两声，呱，呱。

刚下过一场雨，空气湿润凉爽。我去散步，拐过路边一个小公园。公园边上，长着说不清有多少棵的木芙蓉，密匝匝地绿着，开着薄绸子一样红艳艳的花。几只蛙就伏在花下面唱歌。

我走过一座桥，也听到了蛙鸣。桥建在供市民休闲的广场上，广场上有人工小河东西横贯，河边植有柳和木槿。河里面浮着睡莲七八朵，水草蔓生。一场雨，使得河水看上去很有些辽阔的样子。蛙们就蹲在睡莲之上，往来在水草之间，载歌载舞。

路边的植被中，蛙在唱歌。那是些冬青树和红叶李，还有些绿莹莹的三叶草。蛙在其中快乐地跳跃。

甚至，在人家的花坛里，也有蛙来造访，在那里引吭高歌。——城里，竟也是蛙声遍地了。这令我惊喜且惊奇，这些蛙是从哪里而来？

我想到了雨。

对，是刚刚下过的这场雨引诱来的。大雨喂饱了树。树说，留些雨水给花朵吧。花朵吃饱了，说，留些雨水给小草吧。小草吃饱了，说，留些雨水浇灌泥土吧。低洼处的雨水，汇聚到一起，亲密无间。一阵风过，竟也像小河一样泛起波浪。

雨一定是蛙的情人。蛙奔着雨来了，跋涉再远的路，也奔来了。树脚下，花朵间，小草的叶片儿上，低洼处的水里，哪里都有雨的影子，蛙一一找到，与它们会合。它激动地唱啊唱，说不完的情话一箩筐。

我很吝啬这几声蛙叫，久久站着，听。路过的人，亦有被蛙声牵住脚步的，他们停下，侧耳，脸上有惊喜浮现。

——听，是青蛙在叫呢，一人说。

明明是句多余的话，却博得大家一致的点头，微笑。生命是如此活泼喜悦，叫人如何不爱？

天上的云朵，地上的小孩

一

天上的云朵，排着队儿，梳洗穿戴一新，像是要去走亲戚。

这是八月末的小城。我走在路上，随便一抬头，就能看到一天空的云朵，它们一个个白衫白裙穿着。洁净。洁净得如同白天鹅。我疑心有千万只白天鹅飞上了天，白羽毛纷纷扬扬。

我很想拥有一对翅膀，飞到它们中间去。

一个人在我前面走，影子拉得长长的。云偷偷吻了他的影子，他一点儿也没发觉，继续走着他的路。

路边的紫薇花里，也摇荡着云的影子。那些沸沸的紫薇花啊。天地美好得叫人不知怎么办才好了。

怎么办呢？唱歌吧。小孩子一路走一路唱，嘟嘟嘟，啦啦啦，浪浪浪浪，简单的自创的音节，每一个都如小鸟啄食般的。他的小手儿摇着，小脑袋晃着，两条短短的腿，欢快地向前奔着。他的小母亲在后面跟着，轻声笑着叫，哎呀小宝贝，你慢点儿慢点儿。小孩扭过头朝向妈妈，脸上飞着白云朵，他咯咯笑了，为妈妈追不上他而得意。一摆小脑袋，又一径往前奔去，嘴里嘟嘟嘟，啦啦啦，浪浪浪浪。这是他的歌。

一清扫街道的环卫工人，在路边清扫。她扫几下，停下来，抬头望天，脸上荡着笑。她一定也被天上的云给惊着了，怀揣一份秘密似的，独个儿乐着。一树的紫薇花，在她头顶上方，欢呼雀跃开着。

唔，我也想唱歌了。

天上有云朵在飘，地上有小孩在跑，这个世界，真是好得很哪。

二

我坐在窗前写作。

一粒风携着一粒阳光，在我的窗台上跳舞。有小孩子嬉戏的声音，从楼下传过来。如一些鸟儿在婉转啁啾。我微微笑起来，没有人看见。

没有人看见。然这些细微的美好，已如微尘，融入空气中，吸进我们的肺腑里。我们因此，有了善良，有了柔软。

一切微小的事物，都是柔软的。小花小草，小猫小狗，小鸡小鸭，小羊小猪，小鱼小鸟，是柔软的。哪怕是小狼小虎，也是柔软的。还有小孩子。

再坚硬的世界，在这些柔软跟前，也会主动低下头去。

幸好有这些柔软在。

黄昏时的天空，光亮是糅着金粉和橘粉的。我喜欢那些光亮落在人家房屋顶上的样子，也喜欢它们落在树木身上的样子，看上去真是明媚洁净，仿佛要做什么喜事。倘若它们落在一个人的肩上，那个人看上去，就很有些喜气洋洋了。

我喜欢在这样的光亮里，缓缓散着步，缓缓地走回家去。当我到达小区的楼下，抬头，望着我的小屋时，我看见那光亮，在玻璃窗上闪了闪。而后，天开始暗下来，黑夜降临。回家的人，陆陆续续地回家了。

秋　意

秋天的第一滴露，是滴落在哪里的呢？是在一片草叶儿上，一朵花的花蕊上，一棵树的树梢头，还是在人家的房檐上？天气在一滴露中凉了起来，秋意便像蜿蜒爬行的一条小蛇，顺着山坡来了。顺着田野来了。顺着沟沟渠渠来了。顺着小径大路来了。顺着人家的山墙来了。山墙上一丛爬山虎，藤蔓牵绕，情思悠长。白露过后，那上面的叶片儿开始变红，一点一点的，如莲步轻移的女子，羞答答。最终，一整片一整片的叶子都红透，一整条一整条的藤蔓都红透。白墙，红叶，大自然的搭配，如此叫人惊艳。路过的人，总要抬头看上一眼，再一眼，欢喜得很。这无意中相遇到的一场美，如馈赠。

露成趟成趟地来了。夜晚，坐在灯下看书，四周寂静。突然听到哪里的露珠，"啪嗒"一下，掉落。像睡相不好的小孩，不小心在睡梦中翻下床。摔疼了，"哇"一声哭出来。做母亲的赶紧轻揽入怀，一边自责，一边轻轻抚慰。很快，哭声止息，孩子重又酣然入梦。我想，这颗露掉下来，有大地的怀抱给兜着，它亦是不怕疼的罢。

隔壁人家，年轻的母亲又哼起摇篮曲来，唔唔，唔唔。她刚生下孩子不久，小家伙爱哭，且爱在半夜哭。白天路过她家，看到她家外墙墙砖上，贴黄纸一张，上书："天皇皇，地皇皇，我家有个夜啼郎，过路君子念三遍,一觉睡到大天亮。"我笑了。那么一个书卷气极浓的小女子,竟也信这个的。或许,不是信,只是为求得心安。为了孩子,做母亲的是什么法子都要试一试的。

小母亲的歌声,在宁静的夜里,低回,如露珠一颗一颗降落,清凉的,充满深情。我把正在看着的书,搁一旁,微笑着倾听。我的心里,荡起一圈一圈的感动,有母亲护着的孩子,是幸福的。我们也曾被母亲如此护卫着啊。

风起。秋天的风最是感情丰富。有时如一群戏闹的孩子,把花瓣啊树叶啊什么的,扯得到处都是。有时又如女人在耳语,细语切切。有时却急吼吼的,似脾气暴躁的男人,要奔到哪里去,十万火急,容不得一点阻留,一路呼啸而去。屋后的桐树,叶子又落下一层了吧。有夜归的人,走在上面,发出嘎嘎嘎的声音,如同谁在嚼烤得脆脆的红薯片。整个秋天,变得香喷喷起来。

想吃红薯了。电话里,父亲说,你妈真有本事,栽的山芋,结出来个个都有娃娃头那么大。我夸,真的啊?我妈太有本事了!我想象得出父亲的喜悦母亲的得意。晚年,他们相濡以沫在庄稼地里,每一棵庄稼,都是他们的孩子。

现在,乡下的稻子已收割完了,稻谷入了仓。红薯刨出来了,在屋角堆成小山。棉花亦已拾净,雪白雪白的,在人家家门口的竹席上孵太阳。该播种麦子了。村庄上空秋意弥漫,一片叶子在与另一片叶子话别。一棵草在与另一棵草相约了再见。虫子的声音,渐渐变得细小,直至,没入大地,大地一片岑静。我的父亲母亲,劳作累了,会双双坐到田埂边,守望着他们的土地。那里面,埋藏着来年的春天。

叶子的狂欢

叶子的狂欢，在秋天。

憋了一个春，憋了一个夏，就等着秋天来临。秋天，藏着一窖的好酒，要搞庆丰宴，要搞离别宴。秋天，真忙。

叶子们举杯痛饮。不要扮清新，不要扮优雅，不要扮深沉，不要什么浅绿翠绿青绿了，我要大红大黄地穿将起来，唱一曲《霸王别姬》，为自己，醉一场。

然后，远行。每一片叶子，都有一个远行的梦。跟着风走，跟着雨走，跟着水走，跟着太阳走，跟着月亮走。到哪里去并不重要，重要的是走。它们一路走着，一路唱着歌，沙沙沙，哗哗哗。

你不要以为那是别离，是伤感。才不。那只是叶子们新生的开始，它们的心在燃烧。你仔细看，顺着叶脉看，你会看到，每一片叶子，都有一颗斑斓的心脏。

读到一首写秋叶的半残的诗，十分喜欢，抄录下来：

叶子的故事

只有开头

这是一群擅长伪装的精灵

就像一团火焰，等待狂风吹起

　　就像一块金箔，等待塑造成型

　　就像一支羽毛，等待孔雀开屏

　　就像一抹口红，等待约会的邀请

　　就像一幅山水画，等待浓墨研开

　　就像一张羊皮卷地图，等待掘宝人的到来

　　就像一块陨石……

　　诗没有续下去，我很想替这个人续下去。世界有多少种美妙，叶子就有多少种神奇。

　　我去捡叶子。

　　路边梧桐树的叶子飘落一地。枫树的叶子飘落一地。银杏树的叶子飘落一地。还有栾树的，紫薇的。每一片叶子，都自有风姿，红的似焰火，黄的如赤金。它们比花朵更迷人。

　　有人在清扫。我疼得在心里大叫，不要，不要啊。

　　我捡起一片又一片。亲爱的，这个秋天，我想每天送你一片叶子。

　　去森林公园拍秋景。遇见一女孩，女孩是森林里的工作人员。她避开人群，悄声对我说，我带你去一个好地方。我跟着她，从很多棵杉树间穿过，气氛神秘又美好。然后，我们就走到一条铺满落叶的小径。一地的红，细密的，像落了一场红叶雨，美得如仙境。

　　女孩轻轻说，我不让人扫，我要让它们留在这里。你看，多美啊。

　　我扭头看她，微胖，眼睛细小，算不得美丽。可又美得那么纯粹。才二十出头的年纪，不喧不闹，有颗安静的爱自然的心，真是难得。

仲秋小令

天气凉了。

是从一缕风开始凉的。是从一滴露开始凉的。

太阳渐渐南移。正午的时候,太阳从南边的窗口,探进屋内来,在一盆绿萝上逗留。绿萝不解风情,它不分季节地兀自绿着。

桂花的香气在深处。在一个幽深的庭院里,或是,在一排粗壮高大的银杏树后面。自然的生命,各以各的本事存活。譬如这桂花吧,容貌实在算不得出色,细密密的,碎粉儿似的,极易被人忽略。它许是知道自己的平淡,于是蓄了劲的,另辟路径,把一颗心都染香了,让你想不记住它也难。

银杏的叶,偏偏像花朵。一树的叶,远观去,不得了了,像开了一树金黄的花,把半角天空,都染得金黄。它是历经大富大贵的女子,活到七老八十了,还端着骨子里的优雅,——纵使转身,亦是华丽的。仲秋的天,因它,平增一份明艳。

人家的扁豆花,这个时候开得最好了。我上班的路上,有户人家,在屋旁长了扁豆。那蓬扁豆很有能耐地,顺着墙根,爬上墙,爬上屋顶,最后,竟一占天下。屋顶上的青瓦看不见了,全被它的枝叶藤蔓,覆盖得严严实实。紫色的小花,一串一串,糖葫芦似的,在屋顶上笑得甜蜜。小屋成了扁豆花的小屋。我路过，忍不住看上一眼。走远了，再掉过头去，补上一眼。那会儿，我总要惊奇于一粒种子的神奇，它当初，不过是一粒小小的种子。

路边梧桐树上的叶，开始掉落。一片，一片，像安静的鸟，——秋叶静美。有小女孩在树下捡梧桐叶，捡一片，拿手上端详。再捡一片，拿手上端详。后来，她举着梧桐叶，跳着奔向不远处的她的小母亲。那位年轻的妈妈，正被一个熟人拽住在说话。小女孩叫，妈妈妈妈。年轻的妈妈答应着，赶紧回头，对小女孩俯下身去，一脸的温柔。小女孩举着她捡到的梧桐叶问妈妈，妈妈，这像不像小扇子？

我为之暗暗叫绝。再也找不到比这更可爱的比喻了，满地的梧桐叶，原是满地的小扇子啊。孩子的眼睛里，住着童话。

屋旁的陈奶奶，在一个旧瓷盆里捣鼓。黄昏，在她身上拉上一条一条的金丝银线，她雍容得让我发愣。我问，陈奶奶你做什么呢？她说，种点葱呢。我的眼前，就有了一瓷盆的青葱，嫩得掐得出水来的葱啊。有满盆的葱绿，在秋风里荡漾，又何惧凋落？生命的承接，总是你来我往，无有间断。

月，也就圆了。

圆圆的月，升上中天，清辉得有点像青衫年少的时光。惹得人对着它，多发了几回呆。夜露重了，回房睡吧。白日里晒过太阳的被子，轻软得像一个梦，我把自己裹进去，舒舒服服地叹上一口气。

夜里，忽然醒来。哪里的蝉，叫声切切，声音叠着声音，好像在说，我要走了，我要走了。告别的场景，竟不是惆怅的，而是热闹的。是一场盛宴后，相约了再见。

有缘的，总会再见的。

秋天的风

我和几个孩子站在一片园子里,感受秋天的风。园子里长几棵高大的梧桐树,我们的脚底下,铺一层厚厚的梧桐叶。叶枯黄,脚踩在上面,嘎吱嘎吱,脆响。风还在一个劲地刮,吹打着树上可怜的几片叶子,那上面,就快光秃秃了。我给孩子们上写作课,让孩子们描摹秋天的风。以为他们一定会说寒冷、残酷和荒凉之类的,结果却出乎我的意料。

一个孩子说,秋天的风,像把大剪刀,它剪呀剪的,就把树上的叶子全剪光了。

我赞许了这个比喻。有"二月春风似剪刀"之说,秋天的风,何尝不是一把剪刀呢?只不过,它剪出来的不是花红叶绿,而是败柳残荷。

剪完了,它让阳光来住,这个孩子突然接着说一句。他仰向我的小脸,被风吹着,像只通红的小苹果。我怔住,抬头看树,那上面,果真的,爬满阳光啊,每根枝条上都是。失与得,从来都是如此均衡,树在失去叶子的同时,却得到了满树的阳光。

一个孩子说,秋天的风,像个魔术师,它会变出好多好吃的,菱角呀,花生呀,苹果呀,葡萄呀,还有桂花,可以做桂花糕。我昨天吃了桂花糕,妈妈说,是风变出来的。

我笑了。小可爱,经你这一说,秋天的风,还真是香的。我和孩子们一起嗅，似乎就闻见了风的味道，像块蒸得热气腾腾的桂花糕。

一个孩子说，秋天的风，像个调皮的娃娃，他把树上的叶子，扯得东一片西一片的，那是在跟大树闹着玩呢。

哦，原来如此。秋天的风一路呼啸而下，原是藏着笑的，它是活泼的，热闹的，是在逗着我们玩的。孩子们伸出小手，跟风相握，他们把童年的笑声，丢在风里。

走出园子，风继续在刮。院墙边一丛黄菊花，开得肆意流畅，一朵一朵，像新剥开的橘子似的，瓣瓣舒展，颜色浓烈饱满。一个孩子跳过去，弯下腰嗅，突然快乐地冲我说，老师，我知道秋天的风还像什么了。

像什么呢？我微笑地看她。她的小脸蛋，真像一朵小菊花。

秋天的风，像一个小仙女，她走到菊花旁，轻轻吹一口气，菊花就开了。这个孩子被自己的想象激动着，脸上泅着兴奋的红晕。

我简直感动了。可不是，秋天的风，多像一个小仙女啊，她走到田野边，轻轻吹一口气，满田的稻子就黄了。她走到果园边，轻轻吹一口气，满树的果实就熟了。橙黄橘绿。还有小红灯笼似的柿子。还有青中带红的大枣，和胖娃娃一样的石榴。她走到旷野，轻轻吹一口气，一地的草便都睡去了，做着柔软的金黄的梦。小野花们却开得星星点点，红的，白的，紫的，朵朵灿烂。在秋风里，在越来越高远澄清的天空下。

孩子有本心。即便是肃杀的秋风，他们也给它镶上童话的金边，从中窥见生命的可亲和可爱。

秋天的滩涂

秋落在滩涂上,像下过一场颜料的雨。苇花白了。野菊花粉了,黄了,紫了。而最令人惊叹的,要数那些盐蒿了,原是那么不起眼的野草,经秋的手掌一抚,全都通体艳红。像待嫁的新娘,娇羞的,迷人的。

你随便地,顺着一条坡下去吧,下到滩涂上。滩涂上无路,满世界都是茅草、野菊和盐蒿,它们互生互长,相依相伴,亲密无间,要路做什么呢?你尽管随意地遛遛吧。

海风夹着咸涩,吹过来,凉凉的。你脚跟前的一片茅草,像训练有素的舞蹈演员,齐齐地,朝着一边弯下柔软的腰肢去,轻歌曼舞。洁白的海鸟,在茅草丛中出入,一会儿冲上蓝天,一会儿俯冲入地,翅膀上驮着闪亮的秋阳,像有意在炫耀它们飞行的技巧。你为海鸟感到幸运,真好,有这么一大片安静美丽的天地,供它们憩息、安居。

放眼远观,你的视野,开阔无边。满滩涂的盐蒿,把头顶上的天空都映红了,一直红到天涯去了。有一刻,你无法呼吸,你屏声静气地观望,心里面只剩一个感叹,大自然怎么可以这么美!你搜肠刮肚地找着一些词,想准确形容一下眼前的盐蒿,可是,却无法找到。所有优美的词汇,在这样奔放率真的生命面前,都是苍白的。你还是什么都不要说罢,只管静静地,享受这场视觉盛宴。只管静静地,听着脉搏里血液奔流的声音，你的，盐蒿的。

　　与天相接的地平线上，有些小红点小黑点小蓝点在移动。他说，那是下海的人，他们在捞文蛤。对这些海里的作业，他再熟悉不过了。他所有深刻的记忆，都是有关海的。童年时，他跑到滩涂上来割盐蒿，给人吃，给猪吃。刀快，一刀下去，手上划下一寸来长的血口子。他捂紧伤口，一路滴着血跑回家。家里人没当回事，拿点草灰敷在他的伤口上，对他说声，继续割盐蒿去吧。他真的转身去了。十六岁，他稚嫩的肩挑着担子，跟着成人下海，一脚深一脚浅地踩在那些盐蒿上。他多想做一棵盐蒿啊，不用下海，就那样待在滩涂上。他惧怕下海，船到深处，四周看到的，除了海水，还是海水。还有寒冷。还有寂寞。更要命的是，晕船。每次上船，海浪一颠一簸，吃的喝的，悉数吐尽，实在没东西可吐了，就吐黄疸水。

　　我问，你恨海吗？

　　他说，不，我很怀念，怀念那些岁月，它已融入我的灵魂里。

　　一个人对一片土地的挚爱，是烙在生命里的，如何割舍得了？就像盐蒿之于滩涂。滩涂的贫瘠与荒凉，给予盐蒿的，是酸涩，是苦咸，但也给予了它顽强与坚韧。岁月教会我们的，原是感恩。

　　一群羊，从坡上下来。白的羊，像移动的棉花堆。白棉花堆落进荒草丛里，荒草立即生机起来。我们都觉得养羊人的聪明，在这里放牧羊群，无疑是天堂啊。我问，它们吃盐蒿不？牧羊人笑了，羊挑嘴呢，盐蒿苦，它们不吃。

　　我倒情愿这样想，这么好看的盐蒿，羊要留着欣赏，羊舍不得吃。也就见那些羊，从荒草丛中抬起头，像人一样的，默默注视着一望无际的滩涂。它们的眼里，红红的盐蒿，在燃烧。

　　生命对生命的礼遇，有时，只需这样的注视，也就够了。

阳光的味道

　　这是初冬。天气尚未冷得彻底，风吹过来，甚至还是和煦的。从七楼望下去，还见一些绿色，夹杂在明黄、深黄、金黄、紫红、橙红、褐粉里，那是银杏、梧桐、桂树、枫树，还有一些白杨和杉树。秋冬转换之际，原是用色彩迎来送往的，斑斓得落不下一丝惆怅。霜叶红于二月花呢，哪一季都有自己的好。这就像我们人生，童年有童年的天真，少年有少年的飞扬，青年有青年的朝气蓬勃，中年有中年的稳健成熟，老年有老年的宽容慈祥，每一个年龄段，都有自己的风和日丽。

　　阳光在高处，像一群小鸟，飞过来，扑下来，落在七楼的阳台上，觅食一般的。有什么可觅呢？我和写作班的孩子们，在阳台上嬉戏。八九岁的小人儿，青嫩的肌肤，散发出茉莉花般的清甜味。我看到阳光爬上孩子们的脸蛋，爬上孩子们的眉睫，爬到孩子们乌黑的发上。孩子们向日葵一样的，朵朵饱满。阳光要觅的，可是这人世间最初的味道？清新的，纯粹的，未染杂尘。

　　仿佛就听到阳光的声音。是一群闹嚷嚷的小雀，挤着拥着，要往屋子里钻。也真的钻进来了，从敞开的大门外，从半开的窗户间。装空调的墙壁上，有绿豆粒大的缝隙，阳光居然也从那里挤了进来。屋子靠窗的桌子上，茶几上摊开的一本书上，一角的地板上，就有了它跳动的影子。阳光的影子有些像小鱼，尾巴灵活。或者说，阳光就是天空中游动的鱼。

这么一想，再抬头看天空，就觉得有无数的小鱼在游。这些小鱼游下来，把这尘世每一丝被遗漏的缝隙填满，再多的冷和寂寞，也被焐暖了。我想起那年在外地，邂逅一景点，叫一米阳光。游人众，都是冲着那一米阳光去的。幽深的山洞里，光明是隔绝在外的，只能摸索着前行。这个踩了那个的脚后跟，那个撞了这个的肩，时不时还有峭壁碰了头，大家发出惊叫声。突然，眼前一亮，一缕光亮，从头顶悬下，如桑蚕丝般的，抖动着，那是阳光。仰头看洞顶，在石头与石头之间，天然留有米粒大的缝隙，阳光是从那里溜下来的。一行人噤了声，只呆呆望着那一米阳光，它是黑里的亮，是寒里的暖，只要你肯给它留一丝缝隙，它就灿烂给你看。

孩子们在阳光下欢闹，孩子们说，老师，我们在泡阳光澡呢。我一怔，多么形象！阳光被他们扑腾得四处飞溢，像搅碎了一浴盆的水。这"水"，顺着阳台，一路淌下去，淌下去，淌到楼下人家的花被子上，淌到楼下行人的身上。其实，这"水"，早就在空中流淌着，高处有，低处有，满世界都是阳光的河，阳光的海。

孩子们伸出手，左抓一把，右抓一把，仿佛就把阳光抓住了。他们使劲嗅，对我说，老师，阳光是有味道的。我微笑着问，什么味道呢？孩子们争相回答，一个说，巧克力的味道。一个说，橘子的味道。一个说，菊花茶的味道。一个说，爆米花的味道。一个说，牛奶的味道……

是的是的，小可爱们，阳光是有味道的，那是童心的味道，是这个世界最本真的味道。

雪白的雪

我所在的小城，已下了好些天的雨了。天气一日冷似一日，隆冬就候在不远处。听说北京在下雪，雪像小米粒。一个南方的孩子，在北京一家杂志社做编辑，看到雪，欣喜得不得了，忙折回去拿伞。等他走出来时，惊讶地发现，路上竟没有一个人撑伞的。要挡着雪做什么呢？他在电话里告诉我这些，语调里，有抑制不住的兴奋。他说，蛮有趣的。

那满满的趣味儿，也就穿过凉凉的空气，千里迢迢抵达我这里，以至于我能清晰地听到他的笑，看到他眉毛上扬的样子。快乐是能感染人的，因他快乐，我也变得快乐，我的身边，好似也在下着一场雪了。

文友闫在河北。她告诉我，她那里也下雪了，雪大，铺天盖地。我说羡慕。想象里，有一大片原野，雪似硕大的花朵一般开着。银白，粉白，纯白，怎样的形容，才可配得上那白？干脆，还原为它本身罢，就是雪白。雪白的雪，一望无际。是凝脂，在月下泛着银色的光。

童年的小铜炉呢？那是祖母的陪嫁呀，古铜色，上面泛着青幽幽的光。大雪的天，祖母必把它捧出来，到灶膛里挑一些尚未燃尽的炭灰。炭灰里，星星点点的小火星，调皮地眨巴着小眼睛。我们脚上的棉布鞋，在雪地里奔得湿湿的，母亲看见，是要骂的。哪里理会她的骂？我们照旧在雪地里疯玩。祖母却是一贯的好脾气，她装好小铜炉里的炭灰，手拢在蓝色的围裙里，倚着门，笑眯眯望我们。我们的雪人堆得差不多了，祖母就去拣上两粒黑豆，又切了胡萝卜头，帮我们给雪人加上眼睛和鼻子。

祖母出身大户人家，她的记忆里，有她的一场又一场雪。祖母说，我小时，比你们还疯呢，把雪揉成雪团放到被子里，你们婆老太一掀被子，哈哈，一大摊水。这让我们惊异，雪白的雪，只我们有，怎么祖母也有？还有，我们可以那么顽皮，祖母怎么也可以？年幼的心，原是不懂得岁月轮转物是人非的。

奔累了，祖母暖暖的小铜炉等着呢，雪地里奔湿的脚和鞋，一同放到铜炉上去烤。不一会儿，脚心开始冒出热气来，腾腾地直往上蹿，脚板变得痒唆唆的。缠着祖母讲她小时的事情，这是祖母最喜欢的。祖母讲得十分投入，我们却听得心不在焉，一颗心，早又飞到外面的雪地里去了。小孩子的心，原是坐不住的，我的祖母当然明白这点。但她还是很投入地讲啊讲啊，直讲得她的眼睛、鼻子、嘴唇都耷拉下来——她讲累了。

印象里，小时的冬天，是一场雪覆盖着一场雪的，落不尽。现在的雪，都落在北方。然北方，雪也下得渐渐少了。有天偶然看到一篇文章，说乞力马扎罗山上的积雪，也渐渐化了，再看不到白雪覆顶的样子。我在云南时，慕名去看那里的玉龙雪山，一路上，导游不停地打招呼，说夏天很少见到玉龙雪山的雪了，若是冬天，或许可以看到一点。当我们到达那儿时，意外见到云影中现出一点雪白，像一朵云不小心落下来。大家欢快的心，都要蹦出来了。导游也很意外，他开心地说，你们是贵人啊，能看到玉龙雪山的雪，真不容易的。这份快乐，让我们持续了好些天。

闫说，我们这里许多麻雀雪天里找不到吃的，正到处打家劫舍呢。

哦，成群的麻雀呀，可怜的小家伙！我想到鲁迅笔下的少年闰土，最喜在大雪天捕鸟。那会儿，沙地上落满雪，他扫出一块空地来，在上面用短棒支起一个大竹匾，撒下秕谷，等着鸟雀们来吃。鸟雀们果真来了，他只需远远地将缚在棒上的绳子一拉，那些鸟雀就全罩在竹匾子下面了。

想来那些小鸟，该是早知道那个大竹匾本就是个陷阱的，却心甘情愿一头坠进去。对小鸟们来说，与其在风雪中饿死，还不如自投了罗网，兴许还能挣条活路呢。都说民以食为天，鸟也是以食为天的啊。

岁末小记

早起，如往常一样，我先去问候了我的花们。昨天新买了几盆花：仙客来、蟹爪兰、长寿花，还有吊兰。每年我都在岁末买上几盆花送自己、送家人，仙客来是必买的。我喜欢仙客来这个名字，仙客来仙客来，是仙外来客。花也是担得起这名的，它着鲜红的衣，或是桃粉的衣，或是紫粉的衣，仙姿仙容，衣袂飘飘。只要喂点水，它就拼命开给你看，总能持续开上四五个月，想想就叫人感激得不得了。

饭后出门，如往常一样，我照例先抬头看天。昨天还阴着的天，晚上还飘了几粒雪花的天，今天，却容光焕发得很。许是夜里做了场好梦，又许是知道，逝去的不可留，唯有笑迎新的日子，才不会错过更多美好。于是乎，它洗尽愁容，蓝是蓝，白是白的，淡扫蛾眉，要多清秀有多清秀。

我又看小区里的树。我太喜欢这些树了，蜡梅快开了，一个一个花骨朵，如散落的小珠子。小珠子不起眼得很，可是，它里面藏着这个世界最深的香和甜。我低头嗅它们，似乎听到它们在自我打气，貌相平常不打紧，只要咱有内涵，就没有人敢轻视和忽略我们了。

桂花还余着几粒花朵，叶子们都还在。栾树是有意思的，枝头上残留着一撮一撮的果，枯了的果看过去，像极了蓬着头的灰喜鹊。最好看的要数合欢树，没落尽的叶子，疏密有致的，吊在枝上，像一串串音符。谁弹着这些音符才好呢？是风，是雨，或是雪。我以为，让小鸟来弹最好。几只小鸟，叽叽喳喳在上面穿梭。阳光透亮透亮的。

每天走在自然里，想到我和天空中的小鸟一样，和水里的鱼儿一样，和田野里的花朵一样，和森林里的树木一样，是被天光和清风亲吻着的，我就满心里都是快乐。没有比大自然更公允和正直的了，不管你是谁，只要你肯爱它，它就会一心一意爱你，把所有的好颜色好声音端给你，一点一点，帮你剔除掉你身上的浮华和污垢，赐予你宁静和清澈。

清扫小区的季姐，如往常一样，在认真清扫着小径。我们笑嘻嘻打声招呼，我走过去了，想起什么又回头，认真对她说，你送的青菜真好吃，谢谢你啊季姐。季姐闲时拾掇小区里的荒货，我家里的旧报刊多，我都送了她。她提来一方便袋的青菜报答。自家长的，早上才到地里挑的，她这么说。我真心喜欢这样的相处，都存着一份善意，你待我好，我待你好。

岁末，我不惆怅，也不慌张，我做着我的事，一如既往。如果一定要对即将到来的新年说些什么祝福的话，那就祝福我的眼睛吧，愿它还是明澈的。那就祝福我的心吧，愿它还是温柔的。世界有这么多的好，我怎么爱也爱不够，那就爱多少是多少吧。不强求。不贪恋。往后余生，都会如此。

折得一两枝蜡梅

　　一到年关脚下，一个村庄都欣欣然的，家家置办年货，户户蒸馒头蒸年糕，杀猪宰羊，捞鱼摸虾，村庄上空炊烟不绝，袅袅复袅袅，整日整夜的。小孩子们也忙得很，要清扫屋子，要擦洗柜子桌子椅子，连同屋内所有物件。还要给墙上贴上年画，给门上贴上对联，给窗户贴上窗花和喜钱。一切忙碌就绪，看看干净整洁的家，总觉得还少了什么。是了，差两瓶花呢。遂跑出去找，天寒地冻里，折得一两枝蜡梅，或是寻得几朵顽强的小野菊，那是顶顶叫人快乐的。我们高举着花蹦跳着回来，找两只玻璃瓶插了，摆在家神柜上，一个家，刹那间变得绚丽起来。家里的小猫小狗也跟着忙乱，跳进跳出的。小鸡小羊也跟着忙乱，咯咯咯咩咩咩地叫唤，兴奋得不得了。

　　除夕也就到了。年夜饭的丰盛是不必说的，桌上必有几道菜，鱼不可少，年年有余。炒猪血不可少，吃了会气血旺盛。芋头羹是必须有的，出门会遇好人。

　　一夜的鞭炮响个不停，这里，那里，仿佛一个世界都处在狂欢中。我们囫囵睡一觉，醒来，天才蒙蒙亮，精神却处于高度亢奋中，一点儿也不感到疲惫，我们侧耳倾听着外面的鞭炮声，只盼着天光大亮。

　　天光也终于大亮了，家里的主心骨——我爸起床了。女人们这天清晨是可以懒惰一会儿的，由男人去开门做饭。待听到大门"吱呀"开了，门口的爆竹跟着噼里啪啦响起来，我们兄妹就像得到指令似的，赶紧起床，一边拿起昨晚就搁在枕边的云片糕，塞一片到嘴里，这才可以开口说话。兄妹间互道新年好，说些祝福的话。给长辈拜年，说些恭喜发财恭喜长寿之类的吉祥话。大人们之间也互相客气敬重起来，老老实实恭贺新年。

我们兄妹飞跑出门，速速去草堆上抱柴禾，喻为涨火。有旺旺的柴禾，以后的日子才能红红火火。那时，家家为柴禾所愁，捡柴草也就成了我们孩子的日常功课。夕阳下，背着草篓草耙的孩子，像一只只鸵鸟，走在田埂上，成为当时村庄固定的一景。

我们又速速去河里提上一桶水来，倒入家里的水缸中，喻为涨水。水是生命之源，我的乡人们对水的敬畏、尊重和热爱，发自肺腑。

好了，火备得足足的，水备得足足的，年糕在锅上蒸着，汤圆在锅里煮着，唱道情的舞龙灯的快到家门口了。新的一年，就这么丰厚地开启了。

第三辑

风入松

土黄的药罐,在炉火上蹲着。噗噗噗,无数的草们,在药罐里相会。它们是我最初见到的爱情和幸福的模样。

母　亲

母亲出身贫寒农家，兄妹五个，母亲排行老二。少时没少吃过苦，五六岁就扛着小锄头下地，帮大人干活。青黄不接的日子，她啃过树皮，食过草根。七八岁的时候，大病一场，无钱医治，躺在床上好几个月，差点丢了小小性命。母亲忆起过去，却平和得很。她天性里有认命的成分，既然老天爷这么安排了，自有老天爷的道理，做牛也好，做马也罢，受着吧。

母亲嫁给父亲，是从一个贫寒跳进另一个贫寒里。父亲是家里长子，下面还有三个弟弟、三个妹妹。母亲嫁过来那年，父亲最小的弟弟才四岁，成日价黏在母亲身后，吵着要吃的。父亲最小的妹妹，那时尚在襁褓中。

父亲长年跟着工程队外出，一大家子的吃喝拉撒，便都落在母亲肩上。母亲没别的法子，只有拼命干活。那时按劳力记工分，母亲挣的工分，总是全队最高的。而工分的多少，直接关系到口粮的多少。我小时的印象里，母亲走路像风。她风一样地奔来奔去，肩上扛着农具，肘弯里挎着草篮。母亲吃饭也像风，风一样呼呼呼，嘴一抹，她又转身去了地里。

祖母和母亲的关系却不好，一个屋檐下住着，剑拔弩张的，两个人能一隔好多天不搭话，见面跟仇人似的。祖母是好人，母亲是好人，但好人与好人在一起，未必就能合得来。祖母长相俊美，出身大家，早年读过私塾，骨子里留着大家的优雅。她不事农活，女红却好得不得了，她给我们兄妹几个裁剪衣裳，一针一线缝上，穿出去别人都要围观。她还喜绣花，她在衣襟上绣，在枕头上绣，在鞋头上绣，坐在低矮的茅屋檐下。低矮的茅屋檐，因有祖母在，而变得闪闪发光。她还擅长做美食，让人吃厌的南瓜和山芋，她能变出花样做出南瓜饼和山芋羹。这样的祖母，总能赢得我们孩子的喜欢。

母亲不同，母亲瘦、黑，皮肤粗糙。祖母在背后说，你妈身上的皮，黑得掉炭里也摸不到。那时听着，竟非常认同，一句反驳的话也没有。现在想想，母亲整天被风吹被日晒的，皮肤怎能不粗糙？不懂事的我，竟嫌弃过她的"丑"。我三姑好看，我希望三姑做我的母亲。那时我念小学了，下大雨的天，母亲夹了伞，去接我。我看见黝黑的母亲，赶紧往人群里躲，不让母亲瞧见。我希望送伞来的是三姑，那么光滑圆润的一个人，多么让我的同学羡慕。我甚至问过三姑，你为什么不做我的妈妈呢？年少的虚荣，到底伤了母亲没有，我不知道。成年后，一次跟母亲在一起，我想起这事来，心被揪痛。我转身抱住母亲，母亲受惊了，她显得手足无措，不住地问我，怎么了，哪里不舒服？我轻轻说，妈，没事，我只想抱抱你。母亲局促地笑，一动也不敢动，任由我抱着。

母亲极少做饭做菜，家里的烧煮，都是祖母。母亲的天地不在锅台上，而在地里面。一年三百六十五天，除了大年初一，她几乎天天伏在地里面。风霜雪雨把母亲历练得坚硬无比，母亲难得有柔软的时候。她脾气暴躁，哪里不顺眼了，立时漫骂起来。祖母私下嘀咕，你妈做十件好事，被她一骂，都一笔勾销了。母亲对我们的管束，往往是暴打。我们兄妹几个没少挨过她的打骂。那时，我们心里怨怨的，对母亲又恨又怕。我们吃着祖母做的饭菜，心是向着祖母的。一旦母亲跟祖母闹矛盾了，我们齐齐站出来，反对母亲，说母亲不好。母亲抹着泪骂我们是叛徒。我们并不因此难过，反而有种得意，让母亲伤心的得意。想想那时我们多么残忍。现在，母亲统统把这些都忘了，她时时幸福地跟人讲，她生了几个好儿女。

母亲的针线活也粗糙，她为我们衣裳打的补丁，总要受到祖母的揶揄，看看，你妈做的针脚这么大，像趴着几条蜈蚣了。我们也有了爱美的心，拒绝再穿那样的补丁衣裳。往往招来母亲的痛打，最后是不得不屈服了，心里对母亲的恨意，便又加深一层。冬天的深夜，煤油灯昏黄的影子里，母亲的影子在晃悠，母亲在纳鞋底。全家十来口人的鞋，都是母亲做。她一下一下，哧溜哧溜地抽着鞋线，让人看着又单调又疲惫。我们很快睡去，也不知母亲什么时候睡的，没人去关心这个问题。第二天，母亲照旧风一样地奔到地里去。

我们兄妹几个并不让母亲省心。姐姐在六岁时，贪玩，爬到集体煮猪食的大锅里，被滚水严重烫伤。母亲为这，不知哭掉多少眼泪。弟弟五岁时，因生病送去医务室打针，谁知那赤脚医生的打针水平不高，一针下去，弟弟便站不起来了。母亲哭得断肠。所幸后来弟弟的腿医好了。我亦是大病几场，出天花时，昏迷七天七夜。母亲衣不解带守在一边，我病好了，母亲却倒下去昏睡了两天。现在想想，桩桩件件，都浸透着母亲厚重黏稠的爱啊。当时却惘然，不知一颗做母亲的心，为我们碎了又碎。

母亲不识字，对识字的人怀着崇敬。当年，贫农身份的她，义无反顾嫁给我的地主父亲，原因就是我父亲识文断字。母亲在让我们读书的问题上，从来没含糊过，她立场坚定，不管家里多么困难，一定要让我们把书念下去。农忙时节，星期天在家，我们怕去地里帮忙，就伪装成看书，捧本厚厚的小说看。那厚厚的书，让母亲敬畏，母亲看一眼，自去地里忙活。邻居们奇怪，怎不叫你的孩子们来？母亲笑笑说，他们在看书呢。全村人家，纵容着那么大的孩子在家看闲书的，怕只有我母亲了。

我念高中的时候，因病荒废半年学业在家。无事在村子里瞎晃悠，村里一妇人见到我，上下打量我一番，相当不解地对我母亲说，你家二丫头这么大了，还让她念什么书啊？她家有儿子与我同龄，早早退学在家学了木匠。母亲没好气地回她，我高兴让她念到什么时候就念到什么时候，念到老我也养着她。妇人讨了个没趣，好长时间看见我母亲都不说话。我今天能识得这么多字，还能写文章出书，都拜我母亲所赐。

　　祖母到得晚年，母亲也渐渐衰老，斗争了一辈子的两个女人，达成和解。她们互相关心互相牵挂，我给母亲买了好吃的，母亲会问一句，给你奶奶买了没有？我给祖母做件衣裳，祖母会叮嘱，给你妈做件吧，她苦了一辈子。祖母八十二岁上患了癌，是母亲送去医院开了刀，侍奉在左右，使祖母在病后又得以活了六个年头。那期间，母亲学会做菜，换着花样给祖母烧好吃的。母亲说，谁都有老的时候啊。母亲的心，到底是柔软的。祖母在临终前，由衷地感激母亲，对我们说，要好好孝顺你妈。只这一句，让一边听着的母亲，泪水长流。

　　母亲爱过美吧？这事，从前我从未想过，母亲一年四季都穿灰扑扑的衣裳。等我们长大了，她又捡起我们不穿的穿。我搬家，要扔掉一批不穿的衣，母亲拦下了，统统打包回家。一天，我回去，看到母亲上身穿着我的大红外套，下身穿着我的一条牛仔裤，这样混搭着，浑然不觉尴尬，还兀自兴高采烈地对我说，都是好好的衣裳，一点都不破。我懒得去纠正她，想着，既然她高兴这么穿，就让她穿好了。然而，有一天，母亲支支吾吾半天，提出要我买条裙子给她。我一惊，细细回想，作为女人的母亲，一辈子竟从未穿过裙子。

　　我给母亲买回一条靛蓝的裙子。母亲看着裙子的眼神，像初恋女子看着情郎的眼神。但那条裙子却从未见母亲穿过。问母亲，怎么不穿呢？母亲说，邻居看见了会笑话的，哪有干活穿裙子的。见我现出不高兴的样子，母亲赶紧说，我晚上穿的，在房间里穿。我鼻子一酸，差点泪落。灯光灿灿，一个人的房间里，母亲穿上向往了一生的裙子，独自华丽。

　　母亲也爱手镯。那种玉的，淡绿的。母亲跟我逛商场时看到，眼睛盯着，半天没动弹。改天，我买一只玉镯，想给母亲一个惊喜。母亲伸手轻轻抚，说不出的欢喜。可惜母亲的手，因长期艰辛劳作，变形得厉害，骨骼突出，那种手镯，怎么套也套不进去。母亲却还是很欢喜，她说，我也有玉镯了。

母亲名字叫卢惠芬，一个极普通又极贤惠的名字。像极母亲的人。还是我父亲总结得好，父亲说，你妈是我们家的功臣。我们兄妹几个，无一人不赞同。

夕照铺天，劳作一生的母亲，亦如那摇摇欲坠的夕阳，伴着我的父亲，守在那个叫勤丰的小村庄。我只愿天地长久，母亲长久。

老裁缝

老裁缝是上海人，下放到我们苏北乡下来时，不过四十出头的年纪。我没亲眼见到老裁缝从上海来，我有记忆的时候，老裁缝已在村子里住很久了，久得像我每天爬过的木头桥。木头桥搭在一条小河上面，东西流向的小河，把一个村庄，分成了河北与河南。

老裁缝的家，住在河北，我得爬过小桥去。他的家门口，总是扫得很干净，地上连一片草叶儿也没有。屋檐下，放一口废弃的大缸，缸里面，种着太阳花。一年四季，那些花仿佛都在开着，红红黄黄白白的，满满一大缸的颜色。这在上个世纪七十年代的乡下，很特别了。这种特别，在我们小孩眼里看来，很神秘。

我们常聚在他的家门口跳格子（一种孩子玩的游戏），不时探头探脑往他屋内瞧。瞧见的景，永远是那样的：他系着蓝布围裙，脖子上晾根皮尺，坐在矮凳上，低头在缝衣裳。身影很清瘦。他旁边的案板上，放着剪刀，粉饼，直尺，裁剪好的布料，零碎的布头。阳光照着檐下的大缸，一缸的颜色，满得要流溢出来。时光好像被老裁缝的针线，缝住了似的，温柔地静止着。老裁缝偶尔从那静止里，抬了头看看我们，目光缥缈。我们"咿呀"一声惊叫，小鸡样的，快速地散开去。

听大人们说过他的故事，原本有妻有儿的，却突然犯了事，坐了两年牢。妻子带着儿子，重嫁人了。他从牢里出来后，家回不去了，被遣送到这苏北乡下来。

我们怕他，怕得没来由的。我们不敢踏进他的屋子一步。但也有例外，一是大人领我们去裁衣，二是大人吩咐我们送东西给他。

腊月脚下，村人们得了空闲，各家的大人，找了零碎的票子，给孩子们扯上几尺棉布，做过年的新衣裳。老裁缝的小屋里，终日便挤满了人。大家热热闹闹地闲唠着，老裁缝静静听，并不插话。他不紧不慢地帮我们量尺寸，手指凉凉地滑过我们的脖颈。很异样的感觉。

有人跟他开玩笑，学了他的口吻，问，阿拉要做媒啊？他淡淡地回，阿拉不要。低了头，拿了粉饼在布料上做记号，嚓嚓，嚓嚓，布料上现出一道道粉色的线。空气中，弥漫着棉布的味道。

一些天后，衣裳做出来了。大人们捧手上感叹，到底是裁缝做的，就是好。他们所说的好，是指他做工的精致，哪怕是小孩的衣，连一个扣眼，他也绝不马虎着做。经他的手做出来的衣，有款有型，即使水洗过，也不变形。

夏秋季节，乡下瓜果蔬菜多。草垛上，趴着大南瓜。矮树枝上，缠着一串一串紫扁豆。茅屋后，挂满丝瓜。大人们随手摘一只南瓜，扯一把扁豆，再摘几根丝瓜，放到篮子里，着我们给老裁缝送去。老裁缝接过东西，必往我们的空篮子里，放上几颗水果糖。一边伸手摸了我们的头，嘱咐，回去替我谢谢你们家大人，他们太客气了。一口的上海腔，很惹听。

老裁缝后来收了个女徒弟，一患小儿麻痹症的姑娘，外村人。这事很是让村人们喧哗了一阵子，因为老裁缝向来不收徒弟的，何况是个女徒弟，何况还拄着拐杖。但那姑娘很固执，天天守在老裁缝家门口。老裁缝破了规矩，答应了。

从此，我们看到的景，变了，老裁缝还系着蓝布围裙，脖子上晾根皮尺，但他的身边，多出一团亮丽，如檐下缸里的太阳花。那朵花，眉眼盈盈，唤他师傅，和他相挨着，穿针引线。他们偶尔低低说着什么，发出笑声来，他的笑声，她的笑声。一团的温馨。我们都有些惊讶，原来，老裁缝是会笑的。

上海来人找老裁缝，是秋末的事。那个时候，天空高远得一望无际。棉田里，尚有些迟开的棉花，零零碎碎地开着，一朵一朵的白，点缀在一片褐色之上。来人很年轻，他穿过一片棉田，很客气地询问老裁缝的家，声音极像老裁缝。村人们望着他的背影，很有预见地说，这肯定是老裁缝的儿子，老裁缝怕是要回上海了。

老裁缝却没走。只是比往常更沉默了，他依旧坐在矮凳上缝衣裳，系着蓝布围裙，脖子上晾根皮尺。他的女徒弟，守在一边，也沉默地干着活儿。时光宁静，却在那宁静里，让人望出忧愁来，总感觉着有什么事要发生。

到底出事了，问题出在他的女徒弟身上。姑娘回家，对父母说出一句石破天惊的话来，她爱老裁缝，她要嫁给老裁缝。结果，老裁缝的家，被愤怒的姑娘家人，砸了个稀巴烂。姑娘很快被嫁了出去，听说出嫁时，哭声震天。

老裁缝在村里待不下去了，他于一个清晨，离开了村子。早起的人，看见他一个人沿着棉田小路，向着远处，越走越远。有人说他回了上海。有人说他去了南方。也有人说他跳了江。

当一个冬天过去，天开始晴暖了，土地开始苏醒了，村人们开始忙春耕。老裁缝住过的地方，一对老夫妻搬了进去。屋檐下的大缸里，不再长太阳花，而是长了一缸的葱，在春风里，很有风情地绿着。

铜锁表弟

铜锁表弟是我三姑的儿子，小名唤作锁。乡下孩子，尤其是男孩，都爱叫这名。锁住锁住，也就跑不了了，好养。

小时候，铜锁表弟是个相当好看的孩子，圆脸，大眼睛。扛着照相器材下乡来拍照的照相师傅，不错眼地盯着铜锁表弟看，一迭声夸道，这孩子，多神气啊！黄灿灿的菜花地里，铜锁表弟身穿小军装，头戴小军帽，小手卡在小腰间，笑得像一只甜蜜的红苹果。那张照片，后来进了城里照相馆的橱窗。

铜锁表弟的聪明也是出了名的。收荒货的到门口来，三姑把一些破烂卖了，几斤几两正算着账呢，他在一旁，眼睛眨了眨，就把应得的钱数给报出来。与大人们算出的结果，不差分毫。那个时候，铜锁表弟不过七八岁。这事后来被一传十十传百地传开了，越传越神，四里八乡的人，都知道一个叫铜锁的神童。

顽皮却与一般乡下孩子没什么两样，上树掏鸟窝，下河摸鱼虾，无所不能。尤其精通水性，一个猛子扎下去，击起水花一朵朵。河面很快恢复平静，几只鸭在不远处，若无其事地凫游。知了的叫声，在杨树的枝叶间，起起伏伏。一河两岸，阳光的羽毛在飞，唯独不见了他。我们吓得不轻，盯住他扎猛子的那块水面，在岸上齐齐惊叫，锁——锁啊！他却在隔了几丈远的河对岸冒出头来,冲我们得意地笑。手慢慢提出水面来,手臂扬起,那儿,绝不会空着,准会攥着一条大鱼,活蹦乱跳着。白日光下,鱼的身子上,银粉一样的闪着光。——空手捉鱼,这是铜锁表弟的本事。岸上有割草的老人,草也不割了,站在河岸上饶有趣味地看,笑着说,锁这孩子,前世肯定跟鱼结了仇。

铜锁表弟在十岁上,意外地得了脑膜炎。乡村医生把它当一般感冒治,结果落下后遗症——癫痫。第一次发病,他口吐白沫,人直挺挺倒下去。三姑吓得呼天抢地,以为他死了,着了人来叫我的父母去。我们齐刷刷赶过去。村人们听说,也跟着跑过去,一边跑一边抹泪,怜惜地叹,锁那么好一个孩子,怎么会没了呢?

等我们赶到了,铜锁表弟已醒转过来,正被三姑搂在怀里。他见到我们,咧嘴笑了,冲我们说,我做了一把好弹弓呢,射得可准了。大家长舒一口气。我的母亲拍着心乱乱跳的胸口,哽咽着说,你这孩子,下次再不许吓唬人了,把我的病都吓出来了。

铜锁表弟认真地答应,好,下次再不吓唬了。发病却越来越频繁,几乎每天都要倒下几次。姑父倾家荡产带他外出看病,回来时,带回许多花花绿绿的药。从此,铜锁表弟把吃药当吃饭,一天三顿,一顿也少不了。药瓶子都随身带着,吃药时间到了,他从药瓶子里倒上一把,看也不看一下,直接捂进嘴里,喉咙一骨碌,药已咽进去了,动作娴熟连贯。我们在一边看得目瞪口呆,问他,没有水送进去,药不卡住喉咙么?他腼腆地笑笑,说,咽得下的,习惯了。这个时候的铜锁表弟,由于长年吃药,神情已失去小时的伶俐与灵动,人变得痴呆,话也不多了。

铜锁表弟初中没念完,就回家了。书上的东西,他记不住,他自觉没趣,不再读书。自己出去拜师学了门修车手艺。姑父在离家不远的路口,帮他搭了两间小屋,充当修理铺。铜锁表弟去买了一些自行车、摩托车的零件,在墙上挂着,修理铺也就像模像样地开张了。当我们兄妹几个，还坐在宽敞的教室里，为赋新词强说愁的时候，铜锁表弟已独当一面，成了村民们离不开的修车师傅了。

一晃地，铜锁表弟已成人，该娶媳妇了。然他那样的病，那样的穷家，哪家姑娘愿意嫁？也说过几门亲，人家来看了一下，就没下文了。这样，一直拖到二十八九岁，也没能说上媳妇。一天，铜锁表弟听人说，云南的山里妹子，愿意嫁到我们平原地区来。他便闹着要去云南找媳妇，闹了好些日子，三姑没法，放他去了。

铜锁表弟在云南待了两个月，回来时，带回一个云南姑娘。随同前来的，还有姑娘的父母。据说，是铜锁表弟的忠厚勤快，赢得了姑娘父母的心。他们来到我三姑家，实地考察了一番，觉得把姑娘嫁到这里来，很放心。二十九岁的铜锁表弟，欢天喜地地做了新郎。他结婚那天，来祝福的人，家里坐不下，都在门口搭了大敞篷坐。

不久，铜锁表弟得了一个女儿，他如获至宝。为了让女儿吃得好一点穿得好一点，铜锁表弟想办法赚外快。他最拿手的，当然是下河捉鱼摸虾。每天总能捉到一些鱼虾，拿到集市上卖，换来女儿的牛奶和玩具。

那年夏天，雨下个不停，从早到晚。河里的水，涨得老高，恨不得漫到河岸上来了。水里的龙虾异常活跃，许多村人捉了龙虾卖，卖得好的，一天有上百块钱的进项。铜锁表弟自是不会放过这个赚钱的机会，他自制了逮龙虾的竹篓子。每天晚上，他把竹篓子下到河里去，第二天清晨爬起来取，竹篓子里，准会有数不清的龙虾在蹦跶。

那日清早，铜锁表弟像往常一样，提着红塑料桶，到河边去取龙虾。这一去，却再也没回来。日上三竿了，有村人的摩托车坏了，到他的修理铺里找他，没找着人，便找到他家里。家里人着了慌，四下里去寻，寻到河边，只有空空的红塑料桶，搁在河岸上。从小与水最为亲近的铜锁表弟，被水收了去，他彻底地做了，水世界里的人。这一年，铜锁表弟三十岁。

铜锁表弟的后事料理完了后，在瞬间老下去的三姑，打发铜锁表弟的媳妇回老家，让她重嫁个好人家。媳妇却不肯走，抱着三姑哭，说铜锁表弟生前对她好，她不走，她要在这里，带大他的孩子。

铜锁表弟的媳妇留下了。一日午后，她把孩子放摇车里，人去晾衣。衣晾好，一转身，突然看见，铜锁表弟拿着一块饼干，在逗摇车里的孩子玩。她吓得叫一声，锁。铜锁表弟立时不见了。她把看见铜锁表弟的事说给大家听，说得活灵活现，听的人一阵心酸，说，锁到底，是放心不下孩子的。大家对铜锁表弟的女儿格外好，哪家有了好吃的，都匀一点送过来。

几年后，铜锁表弟的媳妇再婚，所嫁那人无父无母，憨厚得和铜锁表弟如出一辙。我的三姑，意外又得一个儿子，失去铜锁表弟的伤痛，渐渐平复。只是大家看到铜锁表弟的女儿时，会自觉不自觉地说上一句，这丫头，长得越来越像锁了。

棉花的花

纸糊的窗子上，泊着微茫的晨曦，早起的祖母，站在我们床头叫："起床啦，起床啦，趁着露凉去捉虫子。"

这是记忆里的七月天。

七月的夜露重，棉花的花，沾露即开。那时棉田多，很有些一望无际的。花便开得一望无际了。花红，花白，一朵朵，娇艳柔嫩，饱蘸露水，一往情深的样子。我是喜欢那些花的，常停在棉田边，痴看。但旁的人，却是视而不见的，他们在棉田里，只管埋头捉虫子。虫子是息在棉花的花里面的棉铃虫，有着带斑纹的翅膀，食棉花的花、茎、叶，害处大呢。这种虫子夜伏昼出，清晨的时候，它们多半还在酣睡中，敛了翅，伏在花中间，一动不动，一逮一个准。有点任人宰割。

我也去捉虫子。那时不过五六岁，人还没有一株棉花高，却好动。小姑姑和姐姐去捉虫子，很神气地捧着一只玻璃瓶。我也要，于是也捧着一只玻璃瓶。

可是，我常忘了捉虫子，我喜欢待在棉田边，看那些盛开的花。空气中，满是露珠的味道，甜蜜清凉，花也有些甜蜜清凉的。后来太阳出来，棉花的花，一朵一朵合上，一夜的惊心动魄，华丽盛放，再不留痕迹。满田望去，只剩棉花叶子的绿，绿得密不透风。

捉虫子的人，陆续从棉田里走出来。人都被露水打湿，清新着，是水灵灵的人儿了。走在最后的，是一男一女，年轻的。男人叫红兵，女人叫小玲。

每天清早起来去捉虫子，我们以为很早了，却远远看见他们已在棉田中央，两人紧挨着。红兵白衬衫，小玲红衬衫，一白一红。是棉田里花开的颜色，鲜鲜活活跳跃着，很好看。

后来村子里风言，说红兵和小玲好上了。说的人脸上现出神秘的样子，说曾看到他们一起钻草堆。母亲就叹，小玲这丫头不要命了，怎么可以跟红兵好呢？

家寒的人家，却传说曾是富甲一方的大地主，有地千顷，佣人无数。在那个年代，自然要被批被斗。红兵的父亲不堪批斗之苦，上吊自杀。只剩一个母亲，整日低眉顺眼地做人。小玲的家境却要好得多，是响当当的贫下中农不说，还有个哥哥，在外做官。

小玲的家人，得知他们好上了，很震怒。把小玲吊起来打，饿饭，关黑房子……这都是我听来的。那时村子里的人，见面就是谈这事，小着声，生怕惊动了什么似的。这让这件事本身，带了幽暗的色彩。

再见到红兵和小玲，是在棉花地里。那时，七月还没到头呢，棉花的花，还是夜里开，白天合。晨曦初放的时候，我们还是早早地去捉棉铃虫。我还是喜欢看那些棉花的花，花红，花白，朵朵娇艳。那日，我正站在地中央，呆呆对着一株棉花看，就看到棉花旁的条沟边，坐着红兵和小玲，浓密的棉叶遮住他们，他们是两个隐蔽的人儿。他们肩偎着肩，整个世界很静。小玲突然看到我，吃一惊，很努力地冲我笑了笑。

刹那间，有种悲凉，袭上我小小的身子，我赶紧跑了。红的花，白的花，满天地无边无际地开着。

不久之后，棉花不再开花了，棉花结桃了。九月里，棉桃绽开，整个世界，成柔软的雪白的海洋。小玲出嫁了。

这是很匆匆的事情。男人是邻村的，老实，木讷，长相不好看。第一天来相亲，第二天就定下日子，一星期后就办了婚事。没有吹吹打打，一切都是悄没声息的。

据说小玲出嫁前哭闹得很厉害，还用玻璃瓶砸破自己的头。这也只是据说。她嫁出去之后，很少看见她了。大家起初还议论着，说她命不好。渐渐地，淡了。很快，雪白的棉花，被拾上田岸。很快，地里的草也枯了，天空渐渐显出灰白，高不可攀的样子。冬天来了。

那是1977年的冬天，好像特别特别冷，冰凌在屋檐下挂有几尺长，太阳出来了也不融化。这个时候，小玲突然回村了，臂弯处，抱着一个用红毛毯裹着的婴儿，是个女孩。女孩的脸型长得像红兵。特别那小嘴，简直一个模子刻出来的，村人们背地里都这样说。

红兵自小玲回村来，就一直窝在自家的屋子里，把一些有用没用的农具找出来，修理。一屋的乒乒乓乓。这以后，几成规律，只要小玲一回村，红兵的屋子里，准会传出乒乒乓乓的声音，经久持续。他们几乎从未碰过面。

却还是有意外。那是盛夏的一天，地里的棉花又开花了，夜里开，白天合。小玲不知怎的一人回了村，在村口拐角处，碰到红兵。他们面对面站着，站了很久，一句话也没说。后来一个往东，一个往西，各走各的了。村人们眼睁睁瞧见，他们就这样分开了，一句话也没有地分开了。

红兵后来一直未娶。前些日子我回老家，跟母亲聊天时，聊到红兵。我说他也老了罢？母亲说，可不是，背都驼了。我的眼前晃过那一望无际的棉花的花，露水很重的清晨，花红，花白，娇嫩得仿佛一个眼神就能融化了它们。母亲说，他还是一个人过哪，不过，小玲的大丫头认他做爹了，常过来看他，还给他织了一件红毛衣。

白日光

那个时候，我是寂寞的吧，四五岁的年纪，身边没一个同龄的玩伴。

午后的村庄，天上飘着几朵慵懒的云。路边草丛中，野花朵黄一朵白一朵地开着。鸡和狗们，漫不经心地走在土路上。风轻轻吹过一片绿的田野。绿的田野上，遥遥地，移动着一些黑的点子白的点子，那是在地里劳作的大人们。我绕着村庄转一圈，实在没事可干，就又转到池塘边的瞎奶奶家了。

全村只瞎奶奶家门前有口池塘。我知道，那里面有鱼有虾，还长莲和菱。六七月莲开，一塘的红粉乱溅，隔得老远就能望得见。九十月菱角成熟，有人路过，用锄头一蓬一蓬地够上岸来，边摘边吃。而到了腊月脚下，塘边围满了人，人人脸上都蒸腾着一团喜气，他们到塘子里取鱼取虾。白花花的鱼，在岸上泥地里跳，闪耀着碎银一样的光芒。

但我从来不敢跑近那池塘，村子里的其他孩子也都不敢。因为大人们说，塘子里有老鬼，专门吃小孩。瞎奶奶也这么说，她每次"见"到我，都要再三叮嘱我，不要到塘子里去玩水啊，那里面有老鬼，闻见小孩子的肉香，就要吃的。我谨记着，我自然是怕老鬼吃我的，我更想得到她的奖励。只要我答应一声，不去玩水，瞎奶奶准会奖励我一块薄荷糖。那个年代，一块简朴的薄荷糖，对一个小孩子来说，也是无上的向往和甜。

我小心地绕过那池塘。池塘边的泡桐树上，开了一树一树紫色的花，像倒挂着无数把紫色的小伞。花喜鹊站在上面蹦跳，抖落了一瓣一瓣的花，树下面，便落一层浅紫，细细碎碎的。我很想过去捡一串花来玩，但想到瞎奶奶的薄荷糖，便打消了这个念头。我边走边痴痴看，就到了瞎奶奶家门口了。说来也真是奇怪，瞎奶奶的眼睛虽看不见了，但每次我来，她准知道。那会儿，她抬起头，混浊的没有一丝光亮的眼睛，对着我的方向问，是志煜家的二丫头梅吧？

我答应一声，叫，瞎奶奶。她欢喜地应，哎。放下针线活，伸手招我过去，摸我的脸，问，梅，有没有去塘子里玩水？我答，没。瞎奶奶高兴了，夸我，梅真乖。记住，千万不要去塘子里玩水啊，塘子里有老鬼，专门吃小孩子的，瞎奶奶说。我答，唔，我记住了。瞎奶奶便到她怀里摸索，抖抖颤颤一阵后，方掏出一块方格子手帕，左一层右一层地揭开，我看到里面躺着的薄荷糖。来，给梅吃，梅不要去塘子里玩水啊，瞎奶奶不放心地关照。糖有些黏糊糊的，乳色的小蛾子似的，我一口含到嘴里，直把小小的心都浸甜了。我含糊着应，哦。

糖吃完，瞎奶奶让我帮她穿针线。这活儿我乐意干，我的眼睛亮着呢，只一下，就把线穿过针孔了。瞎奶奶接过针线去，"望"着我，慈祥地笑，瘦小的脸，像一枚皱褶的核桃。她突然落花般地叹息一声，若是我的锁儿还在，他也该成婚了，养的孩子，也该你这般大了。这些话我可听不懂，我定定地看着她，她脸上每一道皱纹里，仿佛都有粼粼的波在荡，竟是说不出的悲伤。

她这么对着我"望"一会儿，复低下头去，一针一线纳她的鞋底，坐在一圈白日光里。时光静极了，梧桐树的影子在矮墙上晃，连同那些紫色的花的影子。矮墙头上，晒着她做好的布鞋，一双双，黑面子，白底子，那么大。我看着瞎奶奶的小脚，有些疑惑地问，瞎奶奶，这是给谁做的鞋啊？瞎奶奶答，是给锁儿他爹做的啊。锁儿，那是谁呢？锁儿他爹又是谁？我怎么从没见过。我怔一怔，突然从池塘边的泡桐树上，传来喜鹊的叫声，喳喳，喳喳，高亢的一两声，打破一个天地的静。瞎奶奶停了针线活，侧耳听，脸上慢慢浮上笑来，说，喜鹊叫，客人到，家里要来客喽。我不信，喜鹊每天都在叫，我却从来没有见过她家来客人。瞎奶奶却说，谁说没有？梅就是我家的客人啊。

我把她说的话告诉祖母，祖母唉地叹一口气，瞎奶奶是个可怜的人哪。

她有过一个完整的家，男人壮实，儿子可爱，一家人在一起，只想把凡俗的日子安稳地过下来。然战乱与饥荒来袭，寻常的日子竟过不下去了，家里渐渐揭不开锅。男人跟她商量，要置副货郎担，去外讨生活，等换得铜板来，给她和儿子好日子过。好歹要保住我们李家的这个根啊！男人看一眼扯着她的衣角、饿得面黄肌瘦的儿子说。她点点头，开始没日没夜地给男人赶做布鞋。一共做了四双，她想着，春天一双，夏天一双，秋天一双，冬天一双，等四双鞋都磨破了，男人也该回了。为这，她把自己的嫁衣都给拆了，一块块布，纳到了男人的脚底下。

男人揣上她做的布鞋，上路了。走前，男人向她保证，少则半年，多则一年，他一定会回来。然而，春去春又回，男人却没有回。他们唯一的儿子锁儿，在又一年的六月天，掉进家门口的池塘里淹死了，死时，手里紧紧攥着一枝红莲。她懊恼得肝肠寸断，她怎么就不知道塘子里好看的红莲会吃人呢？她怎么就没留意到儿子会被红莲牵着，一步一步走下水里去？

彼时，她还年轻着，容貌也好，完全可以再嫁个壮实的庄户人，倚靠着那个人，求个今生安稳。也真的有几个壮实的庄户人看上她，许她好日子，要娶她过门。她却不，她说对不起男人，她把他李家的根弄没了，她要等他回。

一日一日，一年一年，她为男人做着布鞋，从青丝，到白头。漫长的等待，加上内心悔恨的煎熬，她不断地流泪，眼睛渐渐不行了，最终导致全看不见了。

我念小学后，极少再去瞎奶奶家。偶尔路过，还见她坐在矮墙下，坐在一圈白日光里，一直是那样的姿态：低着头，一针一线地纳着鞋底。她的白发上，落着白日光的影子，白淹没在白里面，那么分明，又是模糊的。看过去，她竟像是裹在一团雾里，不很真切。池塘边的泡桐树上，花喜鹊还站在上面喳喳喳。远处的田野里，传来人们劳作的号子声，嗨哟，嗨嗨哟，——太平盛世，热火朝天。她锁儿的爹，始终没回。

我小学毕业那年五月，一个中年人寻寻问问，一路摸到我们村庄。他向村人们打听，崔曼丽还活着吗？她的家在哪里？村人们一头雾水。但不一会儿，有人醒悟过来，说，怕是瞎奶奶吧。上了年纪的人恍然大悟，回忆，瞎奶奶好像是姓崔的。

一村人跟着去看热闹。中年人才提到李怀远，瞎奶奶就浑身颤抖不止，混浊的眼里，缓缓滚下两行泪，她哆嗦着嘴唇问，怀远在哪里？我对不起他，我把他李家的根弄丢了。中年人一把抱住了她，眼含热泪地叫，大妈，我可找到你了！

当年，她的男人李怀远，挑着货郎担，一路南下。很快赚得一些铜板，以为三两个月就能回的，却在半路上不幸染上风寒，一病不起。一对老夫妇救了他。老夫妇膝下只有一个姑娘，正当青春，对他照应十分细致，端饭端水伺候月余，他的身体才得以慢慢好转。为了报恩，他留了下来，娶了那姑娘，开始了另一番生活。他对老家的女人一直心怀愧疚，她做的布鞋，有两双他没穿完，他珍宝一样收藏着，任何人动不得。逢年过节，他都要拿出来看看。当他病重，得知自己将不久于人世，他把儿子叫到了跟前，嘱咐儿子，无论如何，一定要找到她。

听的人唏嘘不已。瞎奶奶却只是笑着，她使劲地眨着一双空洞的眼，对着眼前的中年人"看"啊"看"。你真的是怀远的儿子？她问。得到中年人肯定的答复，她喜不自禁，颤抖着伸出手来，一遍一遍摸中年人的脸，笑说一声，他还有个根在，好！笑着笑着，眼睛就闭上了，整个人软塌塌倒下去，没了气息。

那年六月，瞎奶奶家门前的池塘里，一塘的红莲，如期盛开，开得红粉乱溅，一如往年。这时，我已知道，这世上根本没有老鬼，塘子里自然也没有。但我，还是一次也没走近过。等到我念初中的时候，瞎奶奶的茅草房被拆除掉，门口的池塘也被填了，朵朵红莲，被深埋到地底下。那里，整成了庄稼地，上面有时长玉米，有时长棉花，白日光罩着，无比的葱郁。

萍

萍和我一般大。我们在同一个村子里出生，前后相差不过两小时。我是家里第二个孩子，上面有个姐姐。虽说我的到来，让父亲小小失望了一下，他是盼着有个儿子的。但父亲到底是读过书的人，说家有两个千金也是宝，对我很疼爱。萍的家里，却是另一番情景，她上面已有三个姐姐，她一落地，立即受到冷遇，不但父亲不喜，母亲也不喜。在以后成长的岁月里，她几乎都在冷遇中过着。

记忆里的萍，总是剃着光头，无论春夏秋冬。那光头上生满癞疮，密密麻麻。阳光好的时候，那些癞疮会往外流脓水。她身上的衣，也往往是脏得看不出布的底色。她在村子里晃，到东家门口撑撑，看看。又去西家门口站站，看看。村人们便觉得这孩子脑子不灵光，且她家，又是村子里极穷的一家，也就难得获得尊重。于是大家都叫她，呆萍。

萍不反抗。别人怎么叫她，那是别人的事情，她至多抬起眼，朝你看看，然后走开。她少有玩伴，村里的孩子，都嫌恶她头上的癞疮。家里的大人也再三关照，千万不要跟呆萍一块儿玩，不然，你们也要呆掉。孩子们越发地远离萍了。

我的家人一向与人为善，特别是祖母，是个吃斋念佛的人。对萍，从来没有为难过。萍更多的时候是来找我玩，提着一只破猪草篮子，倚着我家门框,看祖母给我梳头。我那时留很长的头发,祖母给我辫一条长辫子挂在脑后。萍的眼睛跟着我祖母的手转动,上上下下,上上下下。祖母就叹气,说:"丫头,你妈怎么不帮你洗洗头?生这么多癞疮,疼死了吧?"萍笑笑,抽抽鼻子,不说话。等我的辫子辫好了,她会伸过手来,轻轻摸一下,再摸一下。

有时我也提一只小篮子,跟萍一起去地里割猪草。萍会很高兴地在前面带路,脚趾头露在鞋外面,一路上,踢得泥土飞起来。到了地里,我们并不割草,而是找一条泥沟坐下来。春天的太阳很好,晒得人暖暖的呢,我们坐在泥沟里晒太阳。两个人,很少说话,就那么坐着,很暖。世界好静啊,没有人来打扰我们,仿佛只有太阳光,"扑扑"往下掉。

萍有时会叹口气,很满足的,又很向往。她说:"我马上也可以留长发,扎小辫呢,我妈说的。"或者:"我妈今天给我烙了大饼吃呢,放好多葱,好香。"或者:"我妈给我做了新鞋呢,可漂亮啦,鞋子上还绣了花呢。"改天,我看到她仍穿着露着脚趾头的破鞋,就问她新鞋在哪。她说:"还没做好呢,就快好了,我妈在给它绣花呢。"过些日子,我们一起坐在泥沟里晒太阳,她忽然很忧伤地说,她的新鞋放锅膛里烤火时,被烧掉了。"怎么要烤呢?"这是我很奇怪的事。萍说:"我不小心弄湿了它。"我信以为真,回家把这事告诉母亲。母亲听了笑,说:"她那个懒妈妈,哪里会给她做新鞋穿?"

在我上小学的时候,萍的父母分居了,一河相隔,一个搬南岸去住,一个在北岸住。孩子是一分为二,大的跟了母亲,萍和另一个姐姐跟了父亲。本来的一家人,见了面,变得跟仇人似的。萍的日子,更不好过了。没有学上倒是其次,小小年纪,却要做饭洗衣,还要喂猪喂羊。手背上,常青一块肿一块的,是被酗了酒的父亲打的。

我放学回来,在屋后的竹林里念书,萍倚在一棵竹上,痴痴听我念,一边叹着气说,真好。她的头发开始长出来,稀稀的,黄黄的,蓬在头上。我教她写她的名字。萍很认真地用竹枝儿在地上划,一笔一画的。"写"得有时忘了时辰,她父亲的大嗓门,嚷得恨不得全村都听见:"呆萍,死哪去了?"萍会悚然一惊,丢下竹枝,一溜烟跑回家去。

我读高中的时候,萍也长成大姑娘了。一日我回家,萍找到我,说:"我要嫁人了。"屋后的竹叶沙沙沙,起风了。萍的声音,被竹叶声埋下去,萍说:"他说他会对我好的。"我无语地看着萍,我要考大学了,萍却要嫁人。

后来,我见过几次萍要嫁的男人,瘦小的一小青年,勤快得很,到萍家里来,什么活都抢着干。过节送猪蹄膀来,惹得萍的父亲眉开眼笑。还给萍买新衣裳。萍自然很满意。一次看她在屋门前洗那个小青年的衣,一边洗,一边叫着他的名字。她叫一声,那边答应一声。她且叫且笑,很幸福的样子。

我到大学去报到的时候,萍出嫁了。过年回家,见到萍,明显地长白长胖了,脸上一团红晕。大家都说傻人有傻福,想不到呆萍嫁了个好人家,婆婆待她好,男人待她好,都盼着她给生个胖儿子。那时,萍已有身孕。她跟我说,这辈子她先嫁人了,下辈子她也要读书。"不过,现在日子也蛮好的。"她低头,很知足地笑。

萍生了个女儿后,婆婆不喜,男人不乐,萍的日子变得不好过了。萍没有怨言,认为是她犯的错,盼着再怀上一个,生个儿子,好将功赎罪。

大三那年,我回家,萍腆着个大肚子,去看我。她站在一片竹林外问我:"要是还生不了儿子,怎么办呢?"惴惴不安地。那是秋天,乡村的天空,格外高远。鸟雀们叫着闹着,飞过竹林去。鸟雀们是那么自由,而萍,不是。

萍后来在生孩子时,大出血死了。婆家如愿得到一个男孩,只是,萍死了。

萍留下两个孩子，如今都大了。听人说，女孩子出落得尤其漂亮，长得很像萍。那么，当年的萍，也算得上一个漂亮的人了。只是，在她有限的生命里，从没有人看到她的美，包括我。她就这样被忽略了，如同一粒微尘，被一阵风吹来，又吹走，没有人仔细留意过。

细小不可怜

遇到细小，有些突然。年前回老家，看望母亲，刚进村口，她迎面走过来，着一件褪色的红色羽绒衣，脸庞瘦削，岁月风蚀的印迹，很重。看见我，她眼睛里跳出惊喜，梅姐姐，你回来啦？

我愣一愣，定定地看着她。说实在的，我没认出她。

她并不介意我的遗忘，很灿烂地笑，眼睛弯成小月牙，眼角的皱纹，堆成一堆褶子。她说，我是细小啊。

细小？记忆一下子扑面而来：低矮的茅草房。咳嗽的女人。木讷的男人。还有一个瘦小的小女孩。

那是细小和她的家，是村子里最穷的人家。

不记得她是怎样活泼地出现在人们跟前的，瘦小的她，仿佛突然从天而降，提着篮子割羊草，一路唱着歌儿来，一路唱着歌儿走，满身满心的，都是快乐。遇到大人，她老远就脆脆地叫，大爷好，大妈好。村人们惊奇地说，哟，这不是红喜家的细小么？然后笑着叹，想不到红喜，生了这么伶俐的一个小丫头。

她是真的伶俐。六七岁的小人儿，已能拾掇家了，烧火做饭，件件利索。还养了两只羊。害得大人们老拿她来教育贪玩的我们，你们瞧瞧，人家红喜家的细小，多懂事！

细小的母亲，一年到头病着。穿一件绛色的绸缎衣，脸色苍白地倚着家门，咳嗽。她身上那件乡村里不多见的绸缎衣，引发我们的好奇，私下里觉得，她是个不一般的女人。我们远远地看她，看见细小搀着她出来，然后搬了凳子把她安置下来。细小给她捶背。细小给她梳头发。细小在她身边又唱又跳。她虚弱地微笑，苍白的脸上，现出绵软的慈祥来。身后低矮的茅草屋，陈旧破败，却跳动着无数阳光。天空好像一直晴朗着，永远是春天的样子，静谧且安详。

细小的父亲，是个木讷得近乎愚笨的男人，背驼得恨不得趴到地。听大人们说，他之所以能娶到细小的母亲，原因是他家庭成分好。那是个讲究成分的年代。而细小的母亲，是大地主家的女儿。

他总是趴在地里劳作。细小做好饭了，站在田埂头叫他，爸爸，家来吃饭啦。他应一声，哦。慢吞吞地往家走，他的前面，奔跑跳跃着快乐的细小。这场景，总引得村人们驻足看一会儿，笑叹，这丫头。是赞赏了。

细小念过两年书罢？不记得了。听她用普通话念过"天上的星星亮晶晶"之类的句子，她把它念得像唱歌。她念着它去割羊草，她念着它做饭洗衣裳。不知从哪一天起，我们极少再注意到她了，我们有自己快乐的圈子，都是些读书的孩子，上学了一起唱着歌儿去，放学了一起踢毽子跳绳玩，那里面，没有细小。

再注意到细小，是她出去卖唱。大冬天里，雪一场一场地下，我们都围着小火炉取暖，细小却走在雪地里，带着她木讷的驼背的父亲，到周围的一些村子里。去时两手空空，回来时，却肩背手提的，都是细小唱小曲儿换得的报酬——一些米面和馒头。足可以让她一家，度过漫长的冬天。

我后来出去读书，在外工作，有关细小的一些，遥远成模糊。偶尔回家，跟母亲闲扯村里的人和事，会提及她。也只是零星半点。知道她母亲后来死了。知道她嫁到外村，嫁了个不错的男人……也仅仅这些，说过就说过了，已到结局。而且，这个结局似乎并不赖。

这次意外相逢，使我重又把她当作话题，跟母亲聊。母亲说，这孩子命苦啊。母亲这一叹，就叹出细小一段更为坎坷的人生来。命运并不曾眷顾她，她嫁人后，没过几天安稳日子，男人就出了车祸，瘫痪了。那个时候，她刚怀有五个月的身孕。都以为，年纪轻轻的她会离婚改嫁，她却留了下来，生下儿子。她去捡垃圾。她去工地上打零工。她拿了手工活，半夜做……

我离开老家前，又碰到细小。她回来，是打算把她父亲接到身边去照料的。我很唐突地问她，细小，过得很苦罢？细小稍稍一愣，随即笑了，眼睛弯成一弯月牙，她说，梅姐姐，苦什么苦啊，我过得很好的，我儿子都上小学三年级了呢，成绩蛮好，老师都夸他。她的语气里，洋溢着自豪。

再回老家，我收拾了一包我儿子不穿的旧衣，还买了一些练习簿，托人捎给她。在我，是存了同情心的。不久之后，我收到她托人捎来的一篮子鸡蛋，那是她自家养的鸡生的蛋。她说，永远记着姐姐的恩情，细小不可怜，细小过得很好，请姐姐放心。

是的，细小不可怜。她就是乡野里的一株向日葵，无论历经多大风雨，都会朝着阳光生长。

吹芦笛的二小

二小是我的表弟。说是弟弟，其实只比我晚出生两天。

我们都是家里的老二，我上面有一个姐姐，他上面有一个哥哥。从前乡下人家，父母对第一个孩子，都是期盼且欣喜的。到了第二个孩子，那期盼与欣喜的心，便淡了许多，给予的疼爱，也是有的，却少了细致与周到。我们是那么不引人注目，像野地里的芨芨草，兀自顽强地生长着。

二小是有名字的，但大家从不叫他的名字，都叫他二小。二小，大家唤。二小就抬头看着唤他的人，有时应一声，哎。有时不应。大大的眼睛，黑葡萄似的，汪着一个蓝天。大人们可惜道，若是女孩子有这双眼睛，该多漂亮。

二小不爱说话，表兄妹们一堆儿，玩得热闹。他却一个人，远远待在一边，闷着头，独自玩他自己的，用皮筋做弹弓，或用芦竹做笛子。我也不爱说话，所以，常常凑到他身边去，看着他做这些玩具。我要求他，二小，也给我做一支笛子吧。二小二话不说，就把手里做好的笛子送给我。

他有时，会带我去捉蚂蚱。我们坐在田埂上，看绿色的蚂蚱，在田埂边的草丛里跳。明亮的阳光，晒得人的骨头暖。我们待在一起，一玩就是大半天，却很少说话，他不说，我也不说，我们更像两只相互取暖的小

145

狗。大人们惊奇,说,这两个闷葫芦,咋玩到一块儿了?姑姑还曾开过玩笑,问我,长大了嫁给二小好不好?我看看二小,点点头。二小腼腆地一笑,跑开去了。后来,他把他漂亮的玻璃球,送给了我。

七岁那年,我们上学了,在一起玩的时间少了。但在周末,我会去他家。他还是不爱说话,看见我,只是抬头笑一笑。一会儿之后,他会把手里正玩的弹弓,送给我,教我怎样射苦楝树上的果子。我射下一颗,他高兴地跑去捡,脸上有满满的阳光在流淌。

他做得更多的玩具,是芦笛。长的,短的,他做了一堆儿。有次周末放学后,我没有回家,直接去他家。半路上,我看到他背着书包,从一丛芦竹旁,晃悠悠走过来。嘴边一支芦笛,吹得呜啦啦,他的头顶上,鸟雀成群地飞过。天边的夕阳,投下波光一片片,橘黄,绯红。他的身上,披着霞光,温柔地发着光。看见我,他笑一笑,继续吹他的笛子。我叫,二小。他这才停下来,把手上的笛子递给我,说,刚做的,好吹呢。

二小出事,是在炎热的七月。那天,天气闷热,二小和他哥哥,一起到屋后的小河里洗澡。河边长着棵老槐树,二小曾爬上去掏鸟窝。掏了一只小鸟出来,后来想想,又爬上树,给送回去了。他说,鸟妈妈会伤心的。他实在是个心善的孩子。

那天,他没有爬老槐树,他直接下到水里。他哥哥跟几个同龄的男孩子玩打水仗,玩得不亦乐乎。所有人都没留意,他什么时候从水面上消失了。等他哥哥想起时,他已沉在水里多时。

他走后很长时间,我去他家,总不自觉地叫,二小,二小。四下里寻他,觉得,他一个人正躲在哪里,在做芦笛。那一年,我们十岁。

多年后,我翻看一本诗集,看到这样一句诗:天底下的老二,都是最忠厚的。我想起二小来,他永远是那个吹着芦笛的十岁少年,沉默的,善良的,黑葡萄似的眼睛里,汪着一个蓝天。

棉花匠的爱情

冬天的乡下,是一年中最清闲的时光。白雪封田,家家茅草房里,都有一炉炭火燃着。外面一个冰冻世界,屋子里,却是一家人最和暖的日子。

棉花匠都是在这个时候,来到村子里的。一辆破自行车上,挂着他的家当。他一进村子,就有眼尖的小孩子叫起来,弹棉花喽。

每年到村子里来弹棉花的,都是一个背有点驼的男人,脸色黝黑,看不出他的实际年龄,有说他三十多岁的,有说他四十多岁的。村人们看他的眼光有些怜惜,怜惜他一个人过日子的艰难。家家都拆了旧棉被,请他到家里来弹。"嘭嘭嘭"的弹棉花声,就拉响了,从这家响到那家,一直响到年脚下。在棉花匠的手底下,再结实的旧棉被,也会被弹得酥软。用不了多久,一床暖和的新棉被就成了。大家都夸棉花匠好手艺。棉花匠听了,只笑笑,不说话。他是个沉默寡言的男人。

这一年的冬天,棉花匠又来了。脸色依然黝黑,脸上却一直挂着笑,仿佛藏着什么好事情。他甚至变得有些亲切了,让围在边上看他弹棉花的小孩拉一拉他的棉弩。小孩子拉不动,他就笑了,说,这个,可不是随便能拉动的,要好好练。他也变得爱说话了,跟村人们聊收成聊日子。他说,过日子苦点不要紧,只要家里有个贴心的人。村人们就打趣他,想女人了吧？他嘿嘿笑，没有否认。

　　这年，在村子里弹完最后一床棉被，要结算工钱了，棉花匠提出，不要工钱，只想要些棉絮。原来，他有女人了，他想送她一床新棉被过年。大家听了，都替他高兴，争着问他女人的情况。他只一个劲说好，她什么都好。家家便都匀出一些棉絮给他，他把棉絮装进一个蛇皮袋里，背到肩上，脸上现出快乐的潮红。

　　来年的冬天，棉花匠的自行车后，就跟着一个女人。女人也有张黝黑的脸。村人们看着，笑着点头道，倒也配。大家请那女人喝茶，跟她讲，棉花匠可是我们村里的老熟人了。女人打着手势，不答言，只羞涩地微笑。村人们这才知，女人，原是一哑巴。私底下都替棉花匠可惜。

　　棉花匠却乐着，弹棉花的动作变得轻盈，一下一下，"嘭嘭嘭"的，像唱歌。女人守一边，笑着看他，帮他拉线，压垫，配合得天衣无缝。洁白的棉絮飞成一朵朵花，把他们罩在里面。

　　又到结算工钱的时候，棉花匠依然不要工钱。这次，他提出，要一些白面馒头。年脚下了，家家都蒸了几笼馒头准备过年呢。大家奇怪地问他，要这么多馒头做什么呢？拿了钱可以买其他东西呀。他"嘿嘿"笑两声，看他女人一眼，说，我家女人喜欢吃。

　　棉花匠如愿得到馒头。这家给点，那家给点，竟装了满满一袋子。他和他的女人，推着那袋子馒头，走在雪地里，一步一步向着他们的家走去。他们的背影，像栖在大花被上的一对鸳鸯呢，不知咋的，看得村人们眼睛湿润。

幸福的中草药

小时，有邻家女人，奇瘦，脸苍白，是风吹吹欲倒的草人儿。母亲说，她有病。有什么病呢？不知。她男人人高马大的，常见他，在炉火上耐心地煎着一罐中草药。火舔着土黄的瓦罐，瓦罐里发出"嘟嘟嘟"的声响，热闹非凡。那些草药有好听的名字，譬如白芷和紫珠，还有芫花，一枝香，一叶萩。

女人躺在一张躺椅上，很安静地望着煎药的男人，一方暖阳，静静落。这样的光景，有地老天荒的意味。那时我尚不懂地老天荒，但就是喜欢站在屋角，远远地望着他们，一望就是大半天，望得心里很满足。

女人吃过的中草药，大概可以成篮装。母亲有时在家谈到她，羡慕她的好福气，嫁了一个好男人，天天煎中草药给她喝。若换个男人，她的骨头，怕早就绿了，母亲这样叹。

从没见女人干过活，精神气好的时候，她撑着门，跟男人细声细气地说话，眉毛眼睛都在笑。男人煎好中草药，浓的汁液倒在一口小碗里，小心地吹吹冷，给她端过去。罐里的药渣倒在门前的路上，散发出浓浓的药香味。那药渣也是我喜欢看的，里面有做药引子的红枣，泛着甜蜜的乌黑色。女人，男人，还有他们的中草药，在年少的我的眼里，很神秘。

后来，我因病也吃过一段时期中草药。那时我已念小学，突然患病，四肢无力。母亲带我去看病，医生说，先吃些中草药调养调养再说吧。他在纸上唰唰写着药名，我的心，在一旁欢快地跳，我终于可以亲近中草药了。我感觉自己一下子长大，大得跟邻家女人一样，有点神圣。

母亲找来药罐，在炉火上给我煎药。一些草们，就在药罐里热闹，噗噗噗，它们发出温暖的声音。我只觉得快乐，有被人珍视的感觉。母亲却焦虑，怕我不肯吃这么苦的药，买了冰糖放一旁，说等药喝完了，就可以吃一颗冰糖。

我的病，不久之后好了。年少时喝药的温暖，却一直留在心底，它与家与爱连得很近。邻家女人这些年来，竟也是安康的。一次我回老家，见到她，很惊讶于她胖得很了，脸色红润。她在家门口喂一群鸡，大着嗓门跟从她门前路过的人说话。

我问母亲，她的病好了？母亲说，早好了，瞧她现在胖的！我笑，眼前飞过一片旧时光：男人。女人。土黄的药罐，在炉火上蹲着。噗噗噗，无数的草们，在药罐里相会。它们是我最初见到的爱情和幸福的模样。

第四辑

点绛唇

这世上，有些念想，是要放在距离之外的，是要隔了迢迢山水来望的。

霜后的青菜

霜后的青菜,是最好吃的。

绿是深绿,绿得泛乌。太阳出来时,霜不见了,却把精神魂儿留下了,渗进那绿得碧乌的叶里面。青菜看上去,便水灵灵的,牵动着味蕾。我坚信霜是有味道的,微甜。

这样的青菜,烧一锅青菜汤是再好不过的了。跟豆腐搭配着,绿是绿,白是白,一清二楚着呢,既惹眼,又惹吃。嫩嫩的,透着鲜。

印象中,祖母提着菜篮,大清早就到田里去挑青菜。临走时,她的手沙沙地抚过我们的脸,把我们叫醒,说要上学去了。我们把头探出被子外,寒气扑面而入,呵气也能成霜,嘴里叫着,呀,冷。已到门外的祖母,不放心地回头再叮嘱一声,快起来,我去挑青菜啦。我们的心里开始泛暖,知道有青菜面条可吃了。

兄妹几个,打打闹闹起了床,祖母下的青菜面条,已在桌上冒着热气了,透着一股子的香,让人的胃热热地蠕动。我们迫不及待坐到桌边,祖母说,快吃吧,吃了暖和。然后舀水洗锅,一边就念叨,霜水滴滴霜水滴滴呀。

我们觉得这霜水滴滴好啊,有青菜的温暖,穿肠而过。不一会儿,整个身子也暖和起来,像被裹在一层松软的棉被里。顶着西北风去上学,一路上都不觉得冷了。

也极喜欢吃菜冻，那在我小时的记忆中，简直就是美味佳肴的。菜冻的做法极简单，用鲫鱼和鲲子煮是最佳的。先煮鱼，放多多的汤水。然后，把青菜下在里面，烧熟，不用盘子装，最好用盆装。冷却下来，就成菜冻了。一条几斤的鲲子，可以煮两大盆菜冻的。

但那个时候，青菜常有，鱼却不常有，都在河里面养着呢，等着集体捕捞。所以，我们天天巴望着快快过年。腊月在我们的期盼中姗姗而来，终于开始集体捕鱼了。村里唯一的一条大河边，围满人，热闹得像过节啊。我们小孩子，则像撒欢的小狗，沿着河岸跑。从那时起，家家都可以吃到菜冻了，一直吃到正月里。那些日子，是极幸福的。

今年冬天，青菜特别多又特别便宜。早上去菜场买菜，一老妇人拖着一拖车的青菜守在菜场门口，望着每个进出的人，她都会微笑地招呼一句，买点青菜吧，霜后的青菜，好吃呢。

走过去，掏出手提袋底层平时看不上眼的硬币，一毛一毛数过去，数上几毛，称得两斤。碧绿的一蓬青菜，就成我的了。想老妇人把一车青菜全卖光，也不过得十几块，实在不容易。就觉得兜里的钱币，有了沉甸甸的感觉。

回家，路过早餐店，去买两个菜包子。听见一等候吃早餐的女孩，在关照下面条的店老板，一定要给我放多多的青菜啊。不由得一笑。

青菜的天下

这个季节,是青菜的天下。万物凋谢,唯它,开始葱茏。每一片叶,都是青春的、饱满的、丰腴的。你看着那一堆儿的绿,想吃的欲望,就那么膨胀起来。

怎么吃?炒着吃煮着吃,都行。《随园食单》里记载:"青菜择嫩者,笋炒之。夏日芥末拌,加微醋,可以醒胃。加火腿片,可以作汤……"这种吃法,对青菜来说,到底复杂了些。还是单炒最好,把青菜洗净扔锅里,用铲子三翻两翻,一盘炒青菜就做成了,直吃得满嘴都是青菜的味道。

最家常的做法,是青菜烧豆腐。记忆里的冬天,比较荒凉,天天喝山芋粥。青菜却不缺,麦田里有,桑树地里有,一蓬一蓬的绿,像土地上开着的绿花朵。越是严冬,它越开得肥硕,叶片上浸着霜,像浸着白糖。家里改善伙食就靠它了,随便去地里挖几棵,再去豆腐坊里买上两块豆腐,就着它,能烧上一大锅的青菜豆腐汤,透鲜的,香甜的。一家人围坐在一起,吃得无比欢畅和幸福。

清人张雄礁对青菜,也是钟爱有加的。不但钟爱,还带了崇敬在里头,他曾留诗夸青菜:"遗味与人俾识苦,碎身济世愿为齑。"说的是青菜的无私无畏。我把它解读为它是荒年里的救世主,是它慰藉了人们的饥荒。

我的父亲,是个读书人,不精于耕种,青菜却种得好。"我那青菜,长得好呐,一棵就能烧一锅汤。"父亲在电话里极自豪地说。择日去乡下,我首先奔赴的就是父亲的那一块青菜地,一地的青菜,果真蓬勃得不像话了。那一刻,我对青菜是感激着的,它让我年迈的父亲,活得有滋有味。

去菜场买菜,青菜我是必买的。路边小摊,蹲着一些像我父母一样的农人,他们衣着简朴,面庞黝黑,守着一篮子青菜,在寒风里张望。一篮子青菜能卖几个小钱呢?我放下几枚硬币,买上几斤,心里暗暗希望着,路过的人都能买上几斤,让他们早点回家。

我所在的小区,老人多,他们把小径旁巴掌大的地,开辟出来,绣花般地栽了些青菜。他们很勤奋地给青菜们浇水,除草,施肥,青菜们不负他们所望,从瘦弱的菜秧子,一天一天茁壮起来,叶阔梗肥。我每每路过,都要舌尖生津。

老人们却不吃它们,一任它们长在那里。他们天天背着双手,在小径边转悠,看看天,看看路过的人,看看他们的青菜。总要等到来年吧,来年,这些青菜开花了,将是一地菜花黄。

萝卜相会

在朋友家吃饭，饭吃至最后，朋友突然笑眯眯从厨房内端出一道菜，唱喏般报出菜名——"萝卜相会"来啦。

定睛看去，当真的萝卜相会啊，白瓷大碗里，卧着红绿白三色丝，半淹在熬得浓稠的鱼汤里。红的是胡萝卜，白的是白萝卜，绿的是青萝卜，素净惹眼。一桌人食欲又振，筷子汤匙全使上了，不一会儿就吃了个碗底朝天。

曾经是吃腻了萝卜的呀。那个时候还小呢，黑色的土地里，好像不长其他的东西，就长萝卜，一大片一大片的，全是胡萝卜。

开始是吃它的叶，祖母把它称作胡萝卜缨。吃法挺多，可当菜吃，洗洗切切，用盐卤一下，再滴几滴难得的香油，搅搅拌拌，一家人就着稀饭，一顿能吃掉一大碗。最常见的吃法是，把它切碎了，和在玉米面里煮粥煮饭。最高级的吃法是用它做饺子馅。记得邻居寡嫂，曾用它做馅包过一回饺子，送我家一碗，还没等碗沾上桌，就被我们兄妹几个瓜分了。我们喜欢吃的不是里面的馅，而是外面的饺皮，那可是正宗的白面粉做的啊。

冬天，地冻得结结实实的时候，口粮不够吃，就去地里挖胡萝卜。用箩筐装着，堆在屋角，尖尖一小堆。一个冬天，全家人就对着它喝萝卜粥了。我弟弟最怕吃，每次吃，都要哭，但哭完，还得吃。因为除了这个，再没别的可吃的了。母亲也很无奈，哄着我们忍一忍，说忍到过年的时候，就有白面馒头吃。于是我们都像望梅止渴中的那一群士兵，因向往中的一树一树梅子，而度过了难熬的日子。

我渐渐长大，从家里走出来读书、工作，一晃多年过去了，关于胡萝卜的记忆，渐渐淡去。偶尔想起，会有淡淡的酸楚，像细雨丝落在心头，久久不散。——我是不大愿意回忆这样的不愉快的。

有段时期，有养生专家热炒胡萝卜，说它里面含有丰富的胡萝卜素，具有强大的抗癌功效。被人渐渐抛弃和遗忘的胡萝卜，一下子被戴上了一顶金光闪闪的桂冠——抗癌之星。一时间，胡萝卜成了抢手货，它还被打扮得漂漂亮亮的，走出国门。

回乡下，跟母亲聊起这事，母亲当作笑话听，怎么也不肯信。她一边不停地用菜刀剁着一堆胡萝卜，一边低了头笑，我们现在都用它喂猪啊。母亲认为好日子就是不用再吃胡萝卜了，顿顿都有白米饭吃。母亲现在做到了，母亲为此感到心满意足。

现在，路过菜市场，看到有胡萝卜卖，我会买一些回家。我把它切成块，搁在饭锅里蒸。蒸熟了后，是软乎乎一坨橘红，甜津津的。我的孩子不爱吃，说不好吃。我自然也不是喜欢的，但仍会坚持着吃下一些。我记着一句话，忘记过去，就等于背叛。我吃胡萝卜，就很有点怀念的意思了。

有时来了兴致，我会把白萝卜和胡萝卜切成细丝，让它们在骨头汤里相会，用文火细细地煨。我也把这样的一道菜，取名为"萝卜相会"。它里面有往昔，有爱，有感恩，我的家人都爱吃。

良家莴苣

喜欢看削去皮的莴苣,简直是出浴的美人哪,通体晶莹润泽,翡翠似的。如果某天偶得半天空闲,我喜欢到菜场去逛,看那些漂亮的蔬菜。我以为,蔬菜是极漂亮的,各有各的风姿,含情脉脉。其中,必有莴苣。我总会买回一些,去叶去皮,独自欣赏一番,而后凉拌或炒着吃。

莴苣好长,是农家必种的蔬菜之一。杜甫曾写过种莴苣:"堂下可以畦,呼童对经始。苣兮蔬之常,随事艺其子。"这劳作场面很有些声势的,在屋前大呼小叫的,只为种一畦莴苣。

我老家人种莴苣,是没有杜诗人这样的大张旗鼓的。莴苣在乡下,是家常蔬菜,有些自生自长的意思。乡人们多半是在某个闲落的午后,眼光睃到屋后的一块空地了,想着要种点什么,于是随意撒下种子去。某一日去屋后,突然发现,那块空地上,莴苣已绿成一片。仿佛它们天生就长在那儿,是良家女子,很守规矩的样子。

那个年代,缺粮,却不缺蔬菜,譬如一地莴苣。肚子饿了,到地里随便拔一根莴苣,去皮,生吃。味微苦,却清新得很。有时也会吃得精致一点,烧汤或炒着吃。若是和了鸡蛋炒,算得上美味佳肴了。一般人家,只有待客时才做这道菜。

《格林童话》里,莴苣是个美丽的姑娘,有一头浓密的长发,长发能从塔顶垂到地面，上面可以悬挂爱情。多情王子日日攀着她的长发，避开女巫，与她相会。后来被女巫发现，这段爱情，遭受重重磨难。但最终，美丽的莴苣，和王子过上了幸福的生活。——小小莴苣，原也有这样的传奇人生，宫殿深处，华衣锦服，一定极尽灿烂。想她什么时候流落到民间的呢？一经流落，就广为播种。五世纪，她远涉千山万水，从遥远的地中海沿岸来到中国，成为百姓餐桌上日日相见的一道蔬菜。可见得，她原是良家的。

我记忆里，老家也流传过莴苣姑娘之说，是专伺菜园子的女神呢。秋后，有些人家会做法请莴苣姑娘，所用道具极简单，就是用一簸箕，上面插一根筷子，由两个少女搀着，在莴苣田边跪下来，口中念念着：请莴苣姑娘下凡来。村人们会问"莴苣姑娘"一些疑难问题，妇人会问，会不会生男孩啦。老人们会问，还有多长时间可活。那根筷子，在事先备好的面粉上，不停画着圈，那是"莴苣姑娘"在作答呢。那一场面，充满神圣之感。我现在当然知道，那纯属无稽之举，哪里有莴苣姑娘？但众多的蔬菜里，偏偏莴苣成了乡人们心中的神仙，能让他们亲近，这足以说明，乡人们对莴苣的推崇和喜爱了。

姑娘，知道不？莴苣皮烧蛋汤，比生菜烧蛋汤还好吃。这是菜场的老大妈教我的。我问她买两斤莴苣，她麻利地给我去叶，削皮。莴苣叶装一个袋子，莴苣皮装一个袋子，削好的莴笋装一个袋子。她说，莴苣叶是宝贝啊，用水汆一下，凉拌，滴两滴麻油，可香啦。我微笑着听，点头。老人家她不知道，我是乡下长大的，对莴苣的一切，熟着呢。我不但吃过凉拌莴苣叶，那时还经常吃用莴苣叶煮的饭，香得缠牙。

平民菠菜

据说，菠菜最早是产在波斯的。一千三百多年前，尼泊尔国王那拉提波把菠菜从波斯拿来，作为一件礼物，派使臣送到长安，献给唐皇。这以后，菠菜才在中国落户。

我对那个早已作古的尼泊尔国王怀了无限感激，因他的引荐，让一千三百多年后的我，可以天天吃到菠菜。

是的，我很喜欢吃菠菜。尤其是霜后的菠菜，特别清纯，像新剥开的笋，一股子的清新。翠绿的味道里，含了霜的味道，有点甜蜜，爱煞。所以每每去买菜，我必买点菠菜回来，炒着吃，或凉拌着吃。

炒着吃，是最家常的做法。凉拌，是学我祖母的。我小时的记忆里，总刻印着贫穷。但贫穷的日子里，却不乏亮色。冬天，门外的地里，麦子在沉睡。却有一样东西长势喜人，那是菠菜。秋天一把种子随意撒下，用不了多久，就会长出一大片。碧绿着，欣欣向荣着，不择地的肥沃与否，就那样不管不顾地生长着，很平民。

祖母会挑了菠菜做菜肴。奢侈一点的话，会和着油煎豆腐烧，色泽好看，是"红嘴绿鹦哥和金镶白玉板"呢，味道也极鲜美。这样的美味，只在过年时才吃到。更多的时候，祖母是把洗净的菠菜，整棵整棵放到水里氽一下，然后捞起，沥干水分，用刀切碎，加点盐和味精搅拌。这时，如果再滴两滴麻油到里面，那简直就成世上最美味的佳肴了。晚上，我们就着它，把一碗一碗的玉米稀饭喝下，直喝得浑身冒出细汗来。冬天的夜晚，因此变得很香很暖。

　　回老家去。老家门前的菜园子里，长着一大片的菠菜。母亲给我做菠菜烧豆腐吃。我记起在什么杂志上看过，菠菜和豆腐是相克的，两者相遇，会使豆腐中所含的钙质沉淀，不易被人体吸收。跟母亲说起这个，母亲回："我吃了一辈子的菠菜烧豆腐了。"固执地不肯改掉这习惯。我笑笑，再不去说她。营养损失就损失吧，菠菜本就是极平民的，哪里有那么多讲究？只要胃喜欢就好。

　　入冬以来，小城的街头巷尾，常见到提着篮子卖菠菜的农妇们。自家长的，价格也不顶真，卖完就回家，第二天再提了一篮子来卖。我看到寒风中，农妇们飘起的头巾，红的黄的，色彩艳丽，她们篮子里的菠菜，碧绿的一蓬蓬。这个时候，我总要无端地生起感动，千年的菠菜呢，温暖了多少人的胃啊。

　　跟一个文友聊天，说起冬季饮食，我说我最喜欢吃菠菜。他那边找到知己般地大叫一声："我也是啊，一次能吃一大盘。"我笑。这未免有点夸张了，但喜欢的心，却是真真切切的。

买一把葱回家

爱葱。这爱，仿佛天生。

小时祖母烙饼，我在一旁总要仰了头，再三恳求，要放多多的葱花呀。印象里，葱花配大饼，是天下最美味的食物。

也喜欢看着葱绿一排，在家门口，很温馨的感觉。乡下女人都喜欢在门前栽一排葱，饭时，菜里透了葱的香，家常日子，就过出奢侈来。葱花，葱花，她们这样叫。像唤一个被宠着的小女儿，绿衣裳绿身子，骨子里有着清秀。

待我成家，和那人在一方屋檐下过日子。远离故土，别的不念，就念葱。饭菜里没有它，就觉得饭菜失了味。所以，每每去菜市场，我总要另买几把葱。卖葱的老妇人，都有着一张慈眉善目的脸，让人看着亲切。我蹲在她们篮子前看葱，看她们，看得心满意足。凡尘俗世，因这样的葱，而有着它的可亲可爱。

回家，系上碎花围裙，在厨房里丁丁冬冬。把葱切碎，便是葱花了，这碗里搁一点，那碗里搁一点。碗里的一点点绿，便如绿蝌蚪似的，游弋着。那人下班回家，站在厨房门口看我，眼睛眉毛都在笑，他说，你真像个小媳妇哪。

回头还他一个笑。喜欢这个称呼，小媳妇。多么的好，是穿盘扣的衫，扎着发髻的小女人，一个家，是她一辈子的天。简简单单，清清爽爽，有地老天荒的况味。

也喜在碗里长葱。碗是吃饭的碗，栽上几棵葱，普通的碗，立马有了生机。不久，葱在碗里绿起来，一碗的葱绿，有点类似于盆栽了。自然是不舍得吃它的，我把它当盆栽赏。读书或写字的间隙，抬头看看它，觉得岁月都是葱绿的。真是可亲得很。

碗里长葱，不是我的独创。我念中学时，女生宿舍旁边，住着一个独身的女教师。人长得高高瘦瘦的，走路喜欢半昂着头，很有些清高。很少见到她与别的同事往来，她把自己活成孤岛的样子。却很爱长葱，在碗里长。她的宿舍窗台上，搁着四五碗葱，绿成很独特的景观。每路过，我总不由自主看上两眼，每看一眼，对她的好感就增加一分。她后来嫁了个如意郎君，调去省城工作了。经年之后，我回忆起我的中学生活，那一碗一碗的葱，总是率先跳出来，那是生活最富生机的底色。

我所嫁那人，对厨事向来很少过问，他不懂一碗水该放多少米才能煮出饭来。他不懂萝卜烧肉，先要把肉煮到八成熟再放萝卜的。一日，他忽然心血来潮跑去菜市场，回家来，人还未踏进家门，远远就叫起来，瞧，我买什么回来了！

出门去，看到他一手提着菜篮，一手举着一把葱，对着我，像个献宝的孩子。

我笑了。一个记得买一把葱回家的男人，是个好男人。这样的男人，让我一点也不后悔嫁给了他。

百朵千朵丝瓜花

盛夏的乡下,最美的风景,莫过于成片成片的丝瓜花了。

那花是怎么开的?简直像一群活泼的孩子,在天地间撒着野,草垛上伏着,院墙上爬着,树上攀着。最让人惊艳的是,满屋顶的花笑逐颜开。是的,那是笑了,一朵一朵的小花,异常干净地笑着。仿佛就听见锣鼓喧天,厚重的丝绒帷幕缓缓拉开,它们就要来一场大型舞蹈了。

其实,单朵看丝瓜花,不美。但清纯朴素的一张小脸,让你忍不住喜爱。是心底留存的洁净。而百朵千朵的丝瓜花一齐开放,就相当壮观了。看着它们,心里不能不涌起一种震撼:微小的生命,原也有这等的爆发力。

有首著名的写春天的诗句,"黄四娘家花满蹊,千朵万朵压枝低",我猜想诗里的花,是桃花,或梨花。若是换成丝瓜花呢?定是千朵万朵压藤低了。那些丝瓜藤,实在美妙得很,细细的,沿着附着物攀援而上。又是袅娜的,如风情万种的女子,有着纤弱的腰肢,一步一步,都藏了生动,藏了语言。牵牵绕绕,绕绕牵牵的,像蓄着一段暗生的情愫,理不清,说不尽。

我不能不想到我老去的祖母。我在怀念丝瓜花的时候,很怀念她。记忆里的每个夏天,她都会把房前屋后打扮成丝瓜花的乐园。这还不够,她还搭了丝瓜架，专门长丝瓜。她会用丝瓜做许多菜肴，如丝瓜炒鸡蛋、丝瓜炒豆瓣、丝瓜豆腐汤。一院子的丝瓜花，这朵谢了，那朵又开了，那种浓烈的美好，是记忆里永存的景象。便很得安慰了，一个人虽然离去了，但他曾经的印迹，会因一株植物而复活。

偶然间看过一幅齐白石画丝瓜的画，黑墨铺开，上有两根结好的丝瓜，还有一些未开好的花骨朵儿。他为画取名为《子孙绵延》。画自然是好的，我却很是遗憾，他为什么不画一些开好的丝瓜花呢？那些朵朵奔放的热情，那些生存的勇气和美好，是极有资格入画的。

我认识一对夫妻，男人出轨好长时间了，女人是知道的，只隐忍着不说。男人以为这样很好，彼此相安无事。但情人却不愿意永远做情人，她跑到男人家里，大闹着要名分。男人不肯了，情人就闹着要赔偿。这个时候，女人只问了男人一句，还想把日子过下去吗？男人痛悔不已，答，想。女人没再说什么，她拿出积蓄来，替男人做了了结。

我看到男人女人时，他们正在屋后的花池旁，一起搭丝瓜架。如此地闹过一场，男人总算知道了还是自家女人好。一些日子后，那丝瓜架上，爬满了丝瓜藤。再几日，那丝瓜藤上，簪上了小黄花，一朵一朵，层出不穷地开着。我路过，对着那一架的小黄花看，看出感动来。

念念樱桃

我是在一个雨夜,遇到那些樱桃的。

六月的雨,说下就下,噼里啪啦,又大又急。

我从朋友家回,路过一个广场。广场周围,以往总有不少摆夜摊的,大多数是卖水果的。今天路过,只剩下一个摊位,大雨篷撑着,在偌大的广场边,显得有些伶仃。

雨篷下的人却不伶仃。两个人,一男一女,看样子是夫妻。我路过时,他们正挨在一起说笑着什么。我就要走过去了,猛回头,瞥见他们摊位上的那一撮红,在或青或绿的瓜果中,活泼着。晕黄的灯光,也掩不住那诱人的光泽,跟红宝石似的,赏心悦目得很。

忍不住退回去指着那串"红宝石",问,这是什么水果?

男人女人齐声答,樱桃啊。

可不是么!那一颗颗圆溜溜的红果子,像极了孩子嘟起的小嘴,俏皮着。果真的是樱桃啊。

我想起第一次见到樱桃,是在河南的大山里。长途汽车在山沟沟里转啊转啊,望不尽的山,望得人疲惫。突然地,眼前一亮,在那山脚下,我看到一个山民,守着一篮子的红果子,等着谁去买。那红,直艳到人的心里面去,满眼的青山,都失了色。我想下车去买,无奈车子不肯停留,呼啸而过。

回来后，我一直念念着那篮子红果子，说给朋友听，朋友说，肯定是樱桃。我一下子欢喜起来，只有樱桃，才配了我那几千里的想念的。

小时，我没见过樱桃。苏北的乡下是没有人家长樱桃的，不知是长不起来呢，还是本来就没有。但老师在美术课上，却爱教我们画樱桃，几笔一描，一颗樱桃就出来了。我那不识字的母亲看了画，竟也能立即说出，你画的是樱桃啊。这令我惊奇，母亲是哪里得知樱桃的呢？现在想来，母亲有太多我不知道的事，比如在她成为母亲之前的那些岁月，她是怎么一步一步走过来的呢？

我买了一些樱桃，想着改天给母亲送去，顺便跟她聊聊她的樱桃往事。我想，母亲的一生，肯定有些念想，一直存在她的心头。

翻看杂志，竟很巧合地看到一则有关樱桃的故事。一对热恋中的人，因不得已的原因，被迫分了手，女人去了天涯，男人去了海角。之后的许多年里，男人一直割舍不下对女人的感情。从前女人最喜欢吃樱桃，男人就在他住的地方，栽了好多棵樱桃树。每年看着樱桃树上结出的樱桃，男人是多么想念女人哪。几十年后，男人终抵不住思念，几经辗转，寻到女人的天涯去。然这个时候的女人，已经成为一个身材臃肿的老妇，满嘴粗话，不复从前的优雅和可爱。男人默默垂泪，没有当面相认，转身而去。

这世上，有些念想，是要放在距离之外的，是要隔了迢迢山水来望的。

很喜欢用樱桃做的一个比喻——樱桃小口。是陕北信天游里唱的："樱桃好吃树难栽，有些心事口难开。"一定是米脂那美丽的婆姨，长着樱桃般的小嘴，亭亭立在樱桃树下，对着黄土高坡轻轻唱着唱着。那个情哥哥，你可知道，紧抿的樱桃小嘴下，原是怀着满腹的心事的，口难开，口难开呀。你懂么你懂么？这样的景象不能想，一想，便醉了。

我的什锦月饼

中秋还离得远远的时候,月饼就在商场的货架上摆上了。过去是盼着中秋吃月饼,现在是吃着月饼等中秋。

都是浓妆艳抹的丽人样,仿佛随时准备隆重登场,厚厚的一层脂粉掩着,华贵得失了本真。标价也吓人,动辄几十元一个。有女孩请我分享她的恋爱果实——一盒哈根达斯月饼。八个精装,价格高得离谱,888元。我笑了。也只有热恋中的人,才舍得如此花血本买来尝吧。恋爱中,女人喜欢用钱的多少来衡量感情,越舍得替她花钱,那爱,越是深厚。到了婚姻里,方才明白,过日子最讲实际,那些昂贵的东西,远不及做一顿简单的饭菜来得可口和幸福。

我切下一小块,尝,奶油味儿太重,遂搁下。倒是儿子,听说是哈根达斯的,欢呼着切了一大块,但只咬了一口,说声不好吃,扔掉了,没有一点点可惜的样子。他忘了刚才的欢呼,转身去做别的事了——易得的快乐,也易失。我想,要是儿子也经历过我那样贫穷的童年,是不是会多出许多绵长的快乐?

我在寻找我的月饼,我的什锦月饼。用牛皮纸包着的,牛皮纸的外面,渗出金黄的油渍。那油渍,是香的。掉出来的月饼渣子,也是香的。放了月饼的桌子,也是香的。连空气,也是香的。使劲嗅,觉得幸福得不得了。哦，中秋节呢。几双小眼睛，围着桌子，等着分月饼。有限的几个月饼，乖巧地躺在牛皮纸上，外表烤得焦黄，层层起酥。上面点缀着什锦丝，红绿相间，真漂亮。运气好的时候，我们兄妹可以一人分到一个。托在掌上，仿佛托着世上所有的甜。更多的时候，我们一人只能分得一小块。那一小块，绝对不舍得一口吞掉，而是慢慢舔着吃。甜蜜却在心中拉得长长的，一直蔓延到今天。

后来，我在离家几十里外的镇上读高中。那时，许多人家的生活条件已好转了，不过月饼还是稀罕物。入学第一个中秋，是在学校过的。下午，学校的高音喇叭里，一首歌曲放完后，突然传出这样的通知：各班的寄宿生请注意了，每班派一人去食堂领月饼。

噢——教室里爆出一片欢呼。我胸膛里的心，跳得欢快，表面上却强装着，不把欢喜露出来。月饼很快来了，是用脸盆端来的，一人两个。是我熟悉的什锦月饼，上面缀着红的绿的什锦丝。当天晚上，月饼放在一边，我铺开信纸，给家里人写信，第一句是这样写的：爸，妈，告诉你们一个好消息，今天中秋节，我们学校一人发了两个月饼呢。

那晚的月亮，在我的眼里，也是一个甜蜜的大月饼。洒下的月光，自然也是甜蜜的。操场，操场边上的梧桐树，红砖红瓦的教学楼，还有我，都浸在那甜蜜的月光里。

秋雨几滴，天气凉得浅浅的，短袖外面，再罩一件衫，随意又舒适。气候宜人当属这个时候。中秋真的到了。我也去买月饼，来应和这样的节日。找遍商场，却不见我的什锦月饼。朋友得知，笑道，现在哪还有那种小作坊做的月饼啊？想想，也是，那些小作坊，早已不见了影踪。

岁月的消失，原本是一件悄无声息的事。

牛皮纸包着的月饼

朋友去北京，给我带回两盒包装精美的月饼。红漆木盒装着，华贵雍容。揭开盒盖，不多的几只月饼，躺在质地柔软的丝绒上，是皇家女儿，金枝玉叶着。

洗净了手，和家人，带着虔诚的心，切了一只月饼来尝。为此，我还特地拿出宝贝样收藏着的印花水晶盘，把月饼摆成菊的模样。一家人欢欢喜喜拿了吃，鱼翅做的馅，味道怪异，家人都只吃了一口，就放下了。我坚持吃两块，但终究，也受不了那份怪异。余下的，狠狠心，丢进垃圾桶。丢的时候，我祖母似的念叨，作孽啊作孽啊。

便格外怀念起小时的月饼来。是些小作坊做的，用桂花或松仁做馅，外面的面粉，层层起酥，洇着金黄的油，看着就让人垂涎欲滴。

在中秋前一个星期，村部的唯一一家小商店，就把月饼买回来了。散装的，搁在一个大缸里。我们放学时从商店门口过，空气中布满月饼味，香甜香甜的，浓稠得很。探头去看，总看到面皮白白的店主，在用牛皮纸包装月饼，五个一包，十个一包。他动作舒缓，在那时的我们眼里，那动作无疑是美的，充满甜蜜的味道。我们的心，开始生了翅膀，朝着一个日子飞翔。

终于等到中秋这一天了。起早祖父就答应了的，晚上，每人可以分到一只月饼。那一天，我们再没了心思做其他的事，只盼着月亮快快升起来。等月亮真的升起来了，我们不赏月，眼睛都聚到门口的小路上。祖父出现了，手里提着用牛皮纸包着的月饼，隔了老远，我们都能闻到月饼的味道。兄妹几个，跑过去迎接，在他身边蹦跳。祖父说，小店里塞满人，我挤了半天，才抢到月饼。语气里有得意，仿佛他做了一件很了不得的事。

煤油灯下，祖父小心地揭开一层一层的牛皮纸，我们得到了向往中的月饼，用小手托着，日子幸福得能滴出蜜来。母亲在一边教育我们，好东西要留着慢慢吃。于是我们把月饼分成一点一点的碎屑，舔着吃。总能把一只月饼吃到第二天，甚至第三天。

大人们也一人一只月饼，但他们多半舍不得吃，藏着，只等我们嘴馋了时，分了去吃。但生活的琐碎和忙碌，常让他们忘掉藏月饼这件事。我祖母有一次藏了一只月饼，等她记起时，月饼上面已长了很长的毛了，不得不扔掉，一家人为此痛心了好多天。

祖母也曾把月饼分送给邻家两个孩子，那两个孩子跟着寡母过活，自是没钱买月饼。中秋时，别人家欢歌笑语，他们家却冷冷清清的。祖母说，可怜啊。遂踮着小脚，给他们送了月饼去。回家来安慰我们，让别人吃掉，比自己吃掉好。那时年幼，不明白这句话，现在想想，祖母说的是帮人的快乐啊。如今那两个孩子早已长大，都出息了，一个在南京，一个在杭州。每年回来，都会去看看我年迈的祖母，他们说，忘不了小时用牛皮纸包着的月饼。

一个年长的朋友，在电话里跟我叹，这世道什么都变了，连月饼也没从前的好吃了。

笑，心下戚戚焉。时光飞快流转，一切都变了样，从前的好，却在记忆里根深蒂固着，虽没有日子似锦缎，可有牛皮纸包着的月饼，让我们期盼。这算得上是一种幸运罢。

左手月饼，右手莲藕

儿子不喜欢吃月饼，从他会吃饭起，一应的食品，五彩纷呈，哪里有月饼的位置？跟他讲我小时对月饼的向往，好不容易诱他吃一口，他无比艰难地咀嚼，而后一句："妈妈，这月饼真难吃。"我望着精心选购的月饼，有草莓馅的，有桂花馅的，有肉松馅的……只只都精致得很，家人却不爱。其实——我也不爱吃了。

小时的记忆，却刀削斧刻般的，渴盼月饼的心，到了中秋，就成了一只振翅飞翔的鸟，满世界飞扬着快乐。再穷的人家，也要买几只月饼应应节。月饼摊在桌上的一张牛皮纸上，金黄的，层层起酥，上面点缀着五仁和桂花。一二三四五，六七八九十，我们把这个数字数了又数，希望多出一两只来。但是没有，每年都是这么多，六只月饼送外婆，四只月饼留给我们兄妹几个尝。

母亲把送外婆的月饼，也是数了又数，然后用牛皮纸包好。牛皮纸外面，渗出诱人的油来，香得缠人。我们守在一边，巴巴地等着母亲一声令下："给外婆送去。"这简直是天籁啊，我们争先恐后地，提着母亲包好的月饼，还有几节莲藕，一溜烟向外婆家跑去。

这其中的好处，我们兄妹几个都心知肚明的，虽然母亲在身后追着叫："不要吃外婆的月饼啊。"嘴里答应着："哦。"心里想的却是，外婆哪会吃月饼呢,外婆说她不喜欢吃的。

矮矮的外婆,每次接了月饼,都笑眯眯挨个摸我们的头,然后闻闻月饼,给我们一人一只。我们起初佯装不肯要,但小手早已伸出去了,可爱的月饼,就躺到了我们的掌上,泛着好看的光泽。哪里能抵挡得了它的甜蜜?轻轻咬一口,再咬一口,满嘴生甜。吃得小心而奢侈。吃完,外婆再三叮嘱我们:"不要告诉妈妈呀,就说外婆全收下了。"我们齐齐答应:"好。"那一刻,我们爱极了矮矮的外婆。

但还是被母亲知道了,因为我们嘴上有消不去的月饼的味道。母亲说:"又吃外婆的月饼了?"我们吓得不吭声。母亲就摇头:"外婆老了,你们以后的日子还长着呢,会有好多的月饼吃啊。"

这话让我记了很多年,有些事情可以等待,有些则不可以,譬如月饼。我现在可以大把大把地买,而我的外婆,却永远吃不到了。

成家以后,我也给母亲送月饼,在中秋的时候。母亲或许也不爱吃月饼了,但当我左手月饼、右手莲藕归家的时候,我的母亲会开心得像个孩子,她屋里屋外转悠着,手忙脚乱地给我们张罗吃的,神情里飘荡着快乐,像我当年渴盼月饼时一样。想普天下的母亲,一生的付出,等待的,不过是这一刻的回报,儿女还把她记在心上。

记得,对于一个母亲来说,就是大幸福了。

白山芋，黄山芋

我的家乡产两种山芋，一种是白山芋，表皮紫红，肉质醇厚，蒸熟了吃，会层层掉粉。乡亲们叫它栗子山芋。一种是黄山芋，皮和肉都是黄灿灿的，汁水多，甜且脆。这种山芋生吃最好，我们小时当它是水果。因个大，像娃娃头，乡亲们叫它"黄大头"。

乡间多的是一片又一片的山芋地。口粮紧张的年代，它是活命的依托，叶炒了吃煮了吃，山芋蒸了吃打成糊糊吃。集体的大田，山芋收尽后，各家的小孩，纷纷提了篮子，扑到田里，如一群抢食的雀。用小锹挖，用手刨，眼睛盯着泥地里，希望逢着一只两只漏网的山芋。这种捡山芋的活，我做过，大半天下来，能捡个小半篮子山芋，会兴奋得小脸儿发红。

我的祖母会变着花样吃山芋。事实上，我的乡亲们都会变着花样吃山芋，他们把贫穷的日子，尽量过得香甜而充满期待。他们除了蒸着吃煮着吃打成糊糊吃，还做了山芋饼，做了山芋糖。也有把它切成薄片，做成山芋干的。秋深时，叶黄了枯了，阳光却灿烂得如钻石，切好的山芋片，摊在篾席上，摊在阳光下，晒。无遮无挡的阳光，无遮无挡的风，山芋片泡在阳光里，泡在风里面。不久，山芋干"酿"成，小孩子拿它当零食，口袋里揣着，不时拿一片出来咬咬，韧劲十足。这时，阳光的味道，风的味道，满嘴里乱窜。是香的，是甜的，是快乐的。现在超市里也有地瓜干卖，包装精美，像灰姑娘穿上七彩衣。我买过，却吃不到小时候的阳光和风的味道了。

打山芋粉，是腊月里家家必做的事。用作打粉的山芋，一定要挑栗子山芋，粉多。把这样的山芋洗净，和着水打碎，用纱布三滤两滤，就会积下厚厚的粉，白米面似的。晒干这些粉，用布袋子收着。吃时，只需取出一点点，放在瓷钵子里，加水兑好了。锅里的水，早烧得沸沸的，把瓷钵子放到沸水里，快速转圈儿，好了，一张粉皮摊成了。薄而透明，滑滑的，能照得见太阳的影子。切成小片烧汤，或用大蒜韭菜炒着吃，都相当好吃。

现在城里饭店里有道菜，叫拔丝地瓜。我母亲有次进城来，吃到，愣是没猜出那是山芋。这很像贾府里吃的那道茄鲞，弄十来只鸡配它，哪里还有茄子的味道？难怪庄户人刘姥姥不识它。

最地道的山芋味道，还是烤着吃。每逢上街，遇到烤山芋，我必买。寒冷的街头，一只烤山芋在手，心也跟着热乎起来。这时，可以想想几个温暖的人，想想久别的故乡。

豌菜头

喜欢一道素菜——清炒豌菜头。

看过不少美食家写美食，品种繁多，却少有豌菜头的影。连深谙吃之道的汪曾祺，也不过是在一长列的菜里头，极吝啬地一笔带过，素炒豌豆苗。便完了。好像华丽舞台上，一大群伴舞的女孩子里，那个极不起眼的，荧光镜头一掠而过，尚未看清她的眉毛眼睛，她已被淹没。一曲终了后，谁会想起她？

乡下人却爱极它。秋凉的时候，谁家不种一畦豌豆？冬天，地里的土冻得结实，它却喜眉喜眼地生长着，圆润的叶，一点一点丰满起来，翠绿着。也有颜色是紫红的。这个时候，一根一根掐下它来，水绿盈手，嫩得起泡泡儿。回家，放点油盐，爆炒，桌上就有了一道清炒豌菜头。一筷子下去，满筷青翠，清新绕鼻，绕舌，绕心。

它的吃法不多，除了清炒外，就是做衬菜了。一大碗狮子头，上面点缀一蓬豌菜头。端上桌，没人动里面的狮子头，都抢着吃那一蓬碧绿。不事雕饰的豌菜头，反而抢了主角风光。

豌菜头还可以做腌菜。做法也不复杂，洗净了，一层一层码上盐，用坛子装了，密密封。过些时日，揭开坛口，原先一坛的碧绿，已变成一坛的金黄黄。挑一根吃，脆嫩脆嫩，微酸中，带了甜味。乡人们会说，腌得多好，黄爽爽的啊。这个"黄爽爽"用得形象极了，是黄得爽快，金灿灿欲滴，怕是任何诗人也想不出这个词来。难怪民间歌谣《诗经》会那么脍炙人口，原来，越接近生命本质的东西，越容易久长，纵使隔着几千年的烟雨，也不会褪色。

  我每年春节回老家拜年，母亲必备多多的豌菜头。竹篮子里堆得满满的，是母亲佝偻着身子，伏在地里，不顾严寒，一根一根，用手指头掐下来的。母亲清炒，或者做了衬菜给我吃，我总是吃得盘底朝天。在我，爱吃豌菜头是一方面，另一方面，我想让母亲欢喜。天下母亲都同一理，儿女的欢喜，就是她们的欢喜。那么，我表现出的欢喜，对母亲来说，就是安慰，就是幸福。

  菜市场里卖豌菜头的，都是些乡下老妇人。她们有着一张沧桑而慈祥的脸，她们的笑容谦和质朴，让你很自然地联想到乡下的母亲，跟她们就有了亲近的欲望。她们卖菜不顶真，秤杆翘得高高的，临了，还要再添上一把菜给你，说，不是刀割的，是手掐的，一根一根掐的，嫩着呢。

  吃腻了鸡鸭鱼肉，炒一盘这样的豌菜头上桌，食欲会大增，人会莫名地快乐起来。从来故乡的味道，都是最能抚慰人的心灵的。

  当豌菜头老了，不能再做菜蔬吃时，就等着它开花，结果。它开的花，相当漂亮，像翩跹的小蝴蝶，乳白，紫红，一朵朵，翘立在藤蔓上。花谢，豌豆荚慢慢成形，这时候，可以炒嫩豌豆荚吃了。也可以用嫩豌豆荚烧肉，清香无比。

爆米花

爆米花的那个男人不知打哪儿来的，反正他来了，骑着一辆三轮车，车上装着炭炉、小滚筒，还有一大袋子玉米粒。他在桥头摆开阵势，很快吸引了一部分人去，大家用充满新奇又快乐的口吻，明知故问道："爆米花呢？"男人把炭火烧得旺旺的，把小滚筒里装上玉米粒，笑回道："是啊。"

我也站一边傻看，心里涌满莫名的感动和欢喜，仿佛相遇故人，有着遥远的亲切。爆米花城里到处有卖，咖啡馆里有，超市里有。微软的白，奶油浸过的，用瓷的或竹的器皿装着，底下垫一层白色印花纸。是走进皇宫的灰姑娘。味道也不似从前，闻起来奶油味，吃到嘴里，依然是奶油味，失了原先那种粗糙的香。

原先？原先是什么呢？在那些高而灰白的天空下，一群孩子像过节似的喧闹着，围着一炉火跳，火上，黑黑的小铁桶在快速转动。突然，爆米花的那个黑脸膛男人大喊一声："炸啦！"孩子们欢叫着四下跳开，只听"嘭"一声，滚筒里的玉米粒全都开了花，是香香的一小朵一小朵的。孩子们的快乐也随之开了花，散着粗糙而又拙朴的香。

一年里，也就那些寒冷的冬天最让人期盼，一小撮玉米粒，就能换来一大蓬花开的幸福。它让整个冬天不再冷清。

也还记得，村子里有个寡居的妇人，小脚。真正的小脚。我看过她晒在墙头的鞋，绣花的，小巧得可以藏在我的口袋里。妇人衣衫整洁，喜欢在脑后盘个大大的髻。妇人平时言语不多，跟村人们也没什么来往，一个人孤寂寂的。却喜欢小孩子，看到我们，就招手要我们去她家。她家有个米坛子，外表一团暖黄，上面盘着拓印的睡莲花。米坛子置在她的床头柜上，里面仿佛有取不完的爆米花。每次我们去，妇人都会从里面抓出许多，给我们一人一小把。妇人坐在梳妆台前，一边揽头发，一边笑眯眯回头问我们："好吃吧？"我们齐声答："好吃。"她说："好吃下次再来啊。"我们应道："好。"但下次未必真的去，除非她招手叫我们去。心里那时挺矛盾的，一方面抵不了爆米花香味的诱惑，一方面又有些怕她。听大人们说，她早年有过男人和孩子，但男人死了，孩子也死了。

现在想来，她不过是个怕寂寞的妇人，只想用爆米花，来留住这世上的一些香和热闹。在那些备是恓惶的日子里，爆米花一定给了她最最温暖的慰藉。

爆米花的男人，现在天天准时出现在桥头。在一簇火的烘烤下，无数颗玉米粒，在深秋的夜里开了花。我每次路过时，总会放下一元的硬币，买上一小袋爆米花，托着它回家，然后坐在灯下慢慢吃。我想起故乡，想起久远的一些香，一些好，想起这人生的轮转。也不过一刹那的工夫，多少年就这样过来了。

冷锅饼

发酵的面粉头天晚上就用大盆装了,祖母还抓一把稻草,把盆焙焙好。我们的心,开始激动起来,快有冷锅饼吃了。那终日里土黄着一张脸,搁在檐下被风吹被雨淋的陶盆,在我们眼里,变得无比亲切且温暖。兄妹几个不时跑去看看它,很是担心一眼照应不到,它就飞了。

是的,过中秋了。村里唯一一家小商店,红砖的墙上,几天前就贴上大红的纸,上面写着:月饼供应。其实哪里用得着写啊,月饼的香甜味,即使被藏着掖着也能闻得见的。何况一口大缸里,满满装着的,全是月饼呢。空气中,密布着月饼的香甜。我们几个孩子,从商店门口走过去,再走过来,如此反复,只不过是想多嗅几口月饼味。那寸寸的空气,只需轻轻一戳,就是一口甜。

面皮白的店员——一个脾气温和的中年男人,站在店门口,好笑地看着我们,说,回去叫你们家的大人来买月饼啊。我们被他看中心思了,很不好意思地跑开去,心里想的是,我们家哪里买得起月饼呢?便很强烈地羡慕他,能守着一缸的月饼,该多幸福。待我长大一些后才明白,卖月饼的,未必吃得起月饼。那时,他亦是个穷人,从城里,被派到我们乡下来守店的,拿不多的工资,要养活他在城里的一大家子。

月饼对我们是奢望,冷锅饼却是家常的。我所在的乡村,每到中秋,家家都要做冷锅饼敬月神的。敬不敬月神我们小孩子不关心，我们关心的是，可以吃到冷锅饼了。祖母是做冷锅饼的高手，发酵好的面粉，被她分批倒进一口刷好油的大锅里，盖上锅盖焖。这个时候，烧锅的事，祖母不许别人碰，都是她亲自做。火大了饼子会煳了，火小了饼子会粘着了，得把灶膛里的火，控制得不大不小，那功夫，全在祖母手上。我们在厨房里跳进跳出，不时问祖母，好了吗？等待的时间，真是漫长。

约莫一个时辰后，祖母熄了灶膛里的火，把一块湿纱布，摊在锅盖上。等湿纱布干了，锅灶冷了，冷锅饼也就可以出锅了。新出锅的冷锅饼，足足有脸盆那么大，两面金黄，松软适度，香味扑鼻。我们急不可耐掰下一块，塞进嘴里，饼子的香味，立时窜得满嘴都是。我们不再想月饼，有冷锅饼可吃，便觉得自己是世上最幸福的人了。

邻里之间，在中秋这天，是要相互赠送自家做的冷锅饼的。这家的，那家的，各各的口味不同，成了大家茶余饭后的谈资。祖母做的冷锅饼，最受邻居们推崇，都说四奶奶这冷锅饼，没人做得出。祖母听着，谦逊地笑说，做得不好吃呢。眉眼里却都是喜悦。

邻居家小媳妇丽珠，做出的冷锅饼，却是又硬又酸的，少不了被大家取笑。弄得丽珠见了人都低着头，羞愧得很。她跑来向我祖母讨教，祖母毫无保留——告诉了她，不知后来她做冷锅饼的手艺有没有长进。我想起这些时，丽珠已离世七八年了，人生盛年，心脏病突发。我有次回老家，看见她男人，形只影单地在家门口晃，苍老得厉害。

家乡的年糕

每年的腊月里,母亲都会特地为我蒸年糕。

说来有点怪,我对糯米做的食物特别偏爱,尤其喜欢吃年糕。放在粥锅里,或直接丢在清水里面煮,都是我爱的吃法。我姐姐不喜欢,我弟弟不喜欢,我嫁的那人也不喜欢,独独我喜欢。

我喜欢"糕"这个字,这是个让人充满温暖怀想的字。你看呀,一个"米"字,再加上"羔"字,是米做的小羊呢。它有着洁白柔软的身子,有着纯净若水的眼睛。

街上卖年糕的,进入秋季就有了。是个中年汉子,他用改制的自行车推着,车前,焊得平平实实一个铁皮箱,箱子上,放一个匾子,里面很有次序地排列着一排一排的年糕。他从大街上走过,车前的电喇叭里在叫:年糕,年糕。这样的叫卖,让人提早想到过年的好光景。

乡下人家过年,最隆重的,莫过于蒸年糕了。那可算得上是项巨大工程,全家总动员,淘米、磨粉、烧水、上笼、出笼……一年忙到头,那些披星戴月的日子,那些流过的汗水,那些向往中的幸福,彼时,一一落到实处,变成年糕,可触可摸,让人心满意足得很。

蒸年糕有专门的模具,称作糕箱。有意思的是,糕箱的底板上,都雕刻着花纹。这样蒸出的每块年糕上,便都印着漂亮的花纹了。我曾很迷恋于那些花纹，盯着看半天，花非花的，充满不可言说的神秘。

蒸年糕时，大人们会关照小孩子做一件事，就是给每块年糕"点红"。用事先泡好的红粉（可食用），泡好的红粉装在小碗里，小孩子一人一只碗端着，用筷头蘸着，往年糕上点。不偏不倚，点在年糕的正中央为最好。一块一块的年糕，上面就缀着一个一个的红朵朵了。如同美人眉心的一颗痣，有了千娇百媚的意味。

我一直闹不懂为什么要在年糕上点红朵朵。问过母亲。母亲说，以前的人家就是这样做的呀。想，它应是一种流传的风俗了。这样的风俗真是好，充满喜悦，一看到那些红朵朵，人的心中，就仿佛有着千朵万朵花在开。

现在人们的日子好过了，年糕不再只过年时才有，平常的日子里，商场里也有卖。我吃过不少地方的年糕，品种繁多，有枣年糕、豆年糕、年糕坨，等等，花样百出。如浓墨重彩的女子，艳是艳了，却让人难窥其真貌，味道过甜过腻。我还是偏爱家乡的年糕，那是单纯的糯米粉做成的，不掺任何辅料，它们从糕箱里倒出来，一小块一小块的，周正得很。像乡下常见的那种女孩子，朴质，纯粹，反而让人回味无穷。

竹叶茶

竹叶茶是我家乡最常见的茶,不知其他地方有没有。

家乡的人家,家家长竹,在屋后。那植物好长,埋下一截根,来年,能蹿出一大片。像调皮的小孩,到处乱窜,呼朋引伴着,眨眼之间,一领一大群,生气勃勃热热闹闹着。

这是家乡独特的风景,茅草屋的背后,都有青青的竹环抱着。竹的青绿,配了茅草屋的枯黄或褐色,很好看。

只是,是谁率先试验的呢,用竹叶泡了茶喝,在酷夏?这恐怕谁也说不清了。每家每户,都是这么喝的。水是井水,甘甜。烧开了,丢下数片竹叶,瞬间,水就变了颜色。是搅碎了一块翡翠呀,清洌之中,有着透明的如蝉翼般的绿。待得冷却下来,农人们用瓢舀着喝,一大口灌下肚,甘甜中透着清凉,把热烘烘的肠胃,抚慰得很舒坦。农人们满足地长舒一口气。那个时候,天空很高,很蓝。

记忆里,每年夏天,我祖母早上起床的第一件事,就是烧开水,烧一大锅的开水。然后着我们兄妹几个,到屋后竹林里采竹叶。这是我们最喜欢干的活,我们小鸟似的飞进竹林,选那些最绿最肥的竹叶采。雀在头顶上唱着歌。

祖母的大盆小盆早就备好了,开水装进盆子里,竹叶丢进开水里。

眼见着一层一层的翠绿，在水里面洇开来，是浓情蜜意。泡好的竹叶茶，被我们送到地头去。父母和一帮农人正在地里挥汗如雨。一片植物，棉花，或是玉米，在大太阳下，骄傲地开着花。那边有人招呼一声，歇晌（是上午休息一会儿的意思）了。大家便笑哈哈走上地头来，拣块树荫坐。从盆子里，操起一只水瓢来，满满舀上一大瓢竹叶茶，灌下去。这个时候，根本不分彼此，大家都备有那样一盆竹叶茶呢，你舀我盆里的，我舀你盆里的，是亲亲热热一大家子。

也有偶过的路人，口渴了，停下来问，可以讨口水喝么？就有农人递过瓢去，笑说，喝吧喝吧，只要你肚子装得下，爱喝多少就喝多少。竹叶茶的清凉，便在空气里荡漾。火辣辣的太阳，也变得不那么刺人了。

长大后我离开家乡，相遇过各种各样的茶，什么清明茶、谷雨茶、云雾茶、秋分茶，不一而足。尊贵的，优雅的，绝尘的，各各用精致的杯子泡了，但我却无比怀念，用大盆子装着的竹叶茶。

给已衰老了的父亲捎过上好的龙井去，父亲泡了喝，嫌不够味。自去屋后，摘下竹叶几片，洗净，丢进碗里的开水里。然后眯缝着眼，喝得有滋有味。

吃　茶

看过一首写吃茶的诗，念念不忘。是元人张雨作的《湖州竹枝词》：

临湖门外是侬家，郎若闲时来吃茶。黄土筑墙茅盖屋，门前一树紫荆花。

是青春着的小女子，爱上一个人，相约着来家里。可是他不认识路啊，不要紧的，标记明显着呢——土墙、茅草屋，门前开着一树的紫荆花，那是我的家。你若有空，就来我家吃口茶吧。这里的吃茶，实在有趣，它把两个闯进爱情中的男女，有滋有味地牵住了。

后来怎么样了呢，那男子真去了女子家么？那是一定的。门前的紫荆花，开得灿灿的，天空蓝成永恒的模样。她给他沏什么茶吃呢？沏杯花茶吃当是最合宜的，香喷喷的，那是爱情最初的模样。

看《红楼梦》，被里面吃茶的排场给惊着了，种种名茶出没其间，如六安茶、老君眉茶、普洱茶、龙井茶、暹罗茶、枫露茶，等等，各有吃的讲究。烧茶的水，也不是随便取的，要隔年的雨水、隔夜的露水、梅花花蕊上的雪。吃茶的茶具也是顶讲究的，成窑五彩小盖钟、官窑脱胎填白盖碗、点犀盉、绿玉斗，等等。我的乡人们若是见到这等吃茶的，肯定要大不屑，撇一撇嘴道，吃茶就吃茶呗，还这么瞎讲究。甚至，他们还会追加一句，那也叫吃茶？那叫吃茶叶水。

老家人吃茶，极少加茶叶，他们吃不惯。他们摘了屋后的竹叶，或是从地里随手采来薄荷，丢进沸水里，晾一晾，就可以喝了。吃茶的器具，一律是盛饭的碗。大口灌下一碗，那叫一个痛快。

他们也有顶顶慎重的时候，那是家里来了访亲的客人。老家的访亲，是男女双方缔结姻缘必不可少的一个重要环节。男女双方经媒人介绍，彼此有了相处的意向，这个时候，访亲就提上议事日程。双方挑了良辰吉日，女方先到男方家去实地考察，考察男方的家境、人品，有时还要偷偷访访那里左右邻舍的意见。男方家若有访亲的上门，早几天前就忙开了，家里收拾一新那是肯定的，为了装装门面，有时，还不得不借用一些别人家体面些的家具。也拜托好了左右邻舍，一定要帮忙说好话。最马虎不得的，是一顿茶食了。各色糕点是要配好的，鸡蛋要提早备下。访亲的到来，一人一碗蛋茶是必须的。蛋茶的做法不复杂，水烧沸后，把鸡蛋打进去，不用搅和，由着鸡蛋在沸水里凝固起来，等它变得白白胖胖的，就盛碗。汤水里另加白糖，客气的人家，还会滴几滴麻油进去。如果主家中意对方的姑娘了，会在蛋茶里加多多的白糖，甜得掉牙。访亲的客人吃蛋茶，亦是有讲究的，不能把碗里的鸡蛋全吃掉。若留单数，说明没看中。若留双数，则表示满意。主家收碗时，子丑寅卯，心里立即有数。

老家人平常待客，也多半通过吃茶来传递热忱。客至，必挽留一通，吃口茶再走呀。灶台上立即有了响动，风箱拉得呼呼的，锅里的水，很快沸了。几只鸡蛋下去，一碗蛋茶瞬间做成。桌上已摆上了小碟子，里面各色糕点，摆成花开模样。

我过年时回老家拜年，每回都受到这样的礼遇，家家留了吃茶，自家做的年糕包子糖果点心摆一桌，还外加一大碗蛋茶。他们倚了门笑眯眯地招呼我，没好东西招待你，就吃口茶吧。这样的热忱我总不忍拒绝，于是硬着头皮吃，以致后来我一看见鸡蛋就害怕。但老家人恨不得掏出一颗心来待客的热忱，让我每每想起，心里就暖乎乎的。

一把桑葚

好些年不吃桑葚了。某天，从一水果摊前过，看到包装得好好的桑葚，乌紫透亮的。不可置信，停下问，那是什么？卖水果的男人笑一声，桑树果啊。

这叫法一下子把久别的故乡，拉到我的跟前来。我的乡人们不买桑葚的账，他们只叫它，桑树果。直白又亲切，像唤邻家小儿郎大牛或小狗。尽管成年后，那孩子有比较文绉绉的学名，可在乡人们眼里，他就是大牛或小狗，哪能是别的什么呢。

那时，乡村多野生的桑树，长得又高又粗，和槐树们在一起。桑葚成熟的季节，孩子们乐疯了，成天攀在高高的桑树上不下来，嘴唇染得乌紫乌紫的。脸蛋染得乌紫乌紫的。小手染得乌紫乌紫的。连身上的衣，也被染得乌紫乌紫的。简直就是一个紫色的小人，只剩下两只眼睛忽闪忽闪的。这时候，家里的大人们多半是宽容的，不会责怪孩子弄脏了衣裳。有时，他们也会搁下农活，从地里上来，站树旁，摘上一把吃。

太多的桑葚，哪里吃得完？树下落厚厚一层，大家都懒得去捡的，任它把身下的泥土，染得乌紫蜜甜的。鸟飞过来帮忙。成群的鸟儿，小麻雀，白头翁，花喜鹊，野鹦鹉，它们欢聚一堂。桑葚成熟的时节，是它们的节日，那么多甜蜜的果实，它们想吃哪颗就吃哪颗。人这时大度得很，不与鸟计较，放任它们啄去。蓝蓝的天空下，人与鸟，共享这大自然的赏赐，不分彼此，其乐融融，幸福安详。我在回忆里沦陷，恨不得立即跑回童年去，重新被桑葚染紫。

傍晚，出门去散步，往郊外走。经过一堵围墙，那堵墙已立在那儿好几年了，里面圈着十来亩的地，是一家单位买下的。不知是没钱开发了还是别的什么意思，地一直荒芜着。附近的农民钻了围墙的铁门，在里面掏地儿种些蔬菜。我扒着铁门往里瞧，在蔬菜边上，看到许多的小野花。我忍不住钻进铁门去，想看清楚些，我如愿亲近到了那些小野花。就在我回头之际，意外看到站在墙边的一棵桑树，上面累累的，挂满紫得发亮的果实。桑树果啊！我高兴得差点跳起来，跑过去，一颗一颗摘了吃。甜蜜的汁液，瞬息间，把我的舌头淹没。

我想起《诗经》里的"于嗟鸠兮，无食桑葚"之句，这里的桑葚，有告诫的意思，告诫那些斑鸠，你们不要贪吃桑葚啊。传说，斑鸠吃多了桑葚，昏醉过去，险些丢了性命。这传说颇有趣，惹得我一通联想，是不是真有鸟儿吃多了桑葚而醉过去了呢？

"翠珠三变画难描，累累珠满苞。"这是清人叶申芗眼里的桑葚。他像欣赏名花似的，欣赏着那一树桑葚，慢慢地由翠绿变绛红、变绛紫，像宝珠似的，累累地挂在树上。对他的这份欣赏，我极认同，我吃着桑葚，遥遥地想对他说声感谢。倘若没有一颗热爱的心，哪里会看到枝头的"翠珠三变"呢？

我采了一把桑葚，带给邻家的小孩。他是不知这世上有桑葚的。现在，即使乡下的小孩，怕是也不大知道桑葚了。那种吃桑葚的野趣，到哪里去寻呢？

荠菜卿卿

开过花的泥盆里，不知何时，竟冒出一棵荠菜来。等我发现时，荠菜已很荠菜的样子了，碧绿粉嫩，活活泼泼，直把我的花盆当故乡。我没舍得拔去，一任它自由生长，等着它开花。辛弃疾写，"春在溪头荠菜花"。在我，是春在泥盆荠菜花了。

因这棵荠菜，家里的对话又多了许多。常常是在茶余饭后，我和那人踱步过去，站定在花盆前，四只眼睛齐齐地，笑微微地看着这棵荠菜。荠菜肥嘟嘟的，像鼓着小嘴儿在吹气泡的小人。我唤它，荠菜卿卿。我们商量着，是不是摘下它来炒了吃。——当然，这是说笑了，我哪里舍得？这棵荠菜里，住着我的故乡。看到它，心里总不由自主往上泛着亲切感，是恨不得拥抱的，惊喜交加地叫一声，是你啊！——是久别重逢。

对荠菜，是熟稔到骨子里的。乡下长大的孩子，有几个没跟荠菜亲过？过去，乡下人家改善伙食，用荠菜烧豆腐，就是一道美味佳肴了，会让孩子们幸福好几天。若是把荠菜剁碎了做馅，包成春卷，包成饺子，那更是不得了了，孩子们会因之雀跃，在村子里到处显摆，我家今天吃荠菜饺子了。

我还吃过荠菜烧的玉米粥。祖母爱这样烧，把荠菜剁得碎碎的，加上玉米粉，加上淀粉，再打点蛋清进去，烧出一锅的绿糊糊，香得缠牙。

长大后看东坡逸事，看到东坡喜食用荠菜做成的羹，人称东坡羹，我笑了。我的祖母不知世上从前还有个苏东坡，她烧的荠菜玉米粥，应称作祖母羹了。

荠菜好吃，好吃在野。完完全全的天赐之物，吸尽天地之精华。初春，别的植物才大梦初醒，正揉着眼睛恍惚呢，荠菜早已生气勃勃，精力旺盛地绿着。在沟边，在田野里，在坡上，到处都可觅到它们青绿的身影。

觅？对。荠菜的性情有点像孩子的性情，天真可爱，自由自在，无拘无束。调皮的孩子是一刻也坐不住的，你不过才眨了一下眼，孩子便跑不见了，满天地撒着欢呢。乡下人对这，宽容得近乎宠溺。春风招摇，女人们提了篮子，四下里去挑荠菜，弯腰屈膝寻大半天，也才挑了小半篮子。她们不恼，笑嘻嘻的，心里欢喜得很。四野辽阔，天长云白，这寻觅的乐趣，让微波不荡的人生，也变得活泼起来。

朋友家在郊外，有良田二三亩，这个春天，他邀我们去他家吃荠菜饺子。当一只只胖胖的荠菜饺子盛上桌，朋友无比自豪地介绍，放心吃吧，这是纯天然的，是我和我老婆两个人，伏在地里，一棵一棵挑出来的。

朋友这么说着时，他老实憨厚的妻，一直立在一边笑吟吟。我们心里，生出无限感慨来，当年，朋友爱上了别的女人，婚姻曾一度搁浅，几经曲折，到底回归了。看看，俗世的爱，就是这样的，我们一起挑荠菜去吧。

舌尖上的思念

做了一个离奇的梦，没有前奏，没有后续，就那么一个片段。如突降的阵雨，啪啦啪啦掉下来，你才惊讶地仰头看，天却放晴了，太阳明晃晃的。让你有一刻的恍惚——刚刚真的下过雨了么？

一望无际的南瓜地。是哪里的呢？不知。南瓜花开得又多又大，黄艳艳的一大片。我也不晓得自己怎么就站在那片南瓜地里了，我先是看花，每朵花都有脸盆那么大。我正奇怪着，怎么会有那么大的南瓜花呢？花朵突然一朵一朵息了，紧接着，满地都滚着大南瓜，一个个都跟胖娃娃似的。我忍不住弯腰摘了一只，心慌意乱着要往哪里藏。搜寻周边，视野开阔，竟无一处可藏的地方。心里面急，一急，就醒了。

我在黑暗里睁着眼，再也睡不着了。离开老家好多年了，我想念过老家的很多瓜果蔬菜，独独极少去想南瓜。

我对南瓜的感情是复杂得很的。那时的乡下，谁家房前屋后，不种着几蓬南瓜啊。我家种得尤其多，家前屋后的每一块空地上都长着。南瓜花开的时节，那场面够波澜壮阔的，草堆上爬着，沟垄里趴着，树干上攀着。总觉得那南瓜藤有点像蛇变的，没有它游不去的地方。它又极能开花，仿佛身上装着个魔术袋子，里面藏满花朵，一掏一大把，掏不尽。花多，结出的南瓜便多，是吃不完的，顿顿主食都是它，炒南瓜，煮南瓜，南瓜粥，南瓜饭，南瓜面条，南瓜饼。吃得我们对南瓜很是怨恨起来，摘它回来，从来不是轻拿轻放的，而是狠狠往地上一摔，以示不满。却丝毫伤不到南瓜，它最多是在地上打一个滚，立马坐稳了，又是结结实实一好汉。

　　姐姐念的小学语文课本里，有篇文章叫《南瓜生蛋的秘密》，讲了一则拥军爱民的故事。解放军对老百姓好，老百姓报恩，就在解放军买的南瓜里，偷偷藏了些鸡蛋。炊事员在切南瓜时，一刀下去，呀，滚出一案板的鸡蛋来。我和姐姐突发奇想，是不是有好心的人，也会在我们的南瓜里，藏了鸡蛋？或者藏些别的东西，譬如姐姐渴望的蜡笔，我渴望的红绸带。一天，我们终敌不过这样的幻想，把房前屋后的大南瓜，挨个儿地开了膛破了肚。结果却让我们失望极了，南瓜的肚子里，除了装着南瓜瓤，什么也没有。事后，我们被祖母用笤帚追着打，祖母痛心疾首地跺脚，你们这些败家子，糟蹋了这么多南瓜，你们吃什么啊？

　　那年的南瓜，并没有因我们的糟蹋而减少，我们还是顿顿吃它，吃了一个夏天，吃了一个秋天，吃了一个冬天。

　　跟那人说起我做的梦。那人肯定地说，你是怀念过去了，你其实，是很感激南瓜的。

　　午饭时，桌上就有了一盘砂糖蒸南瓜，是他特地从饭店叫回来的。他笑眯眯地说，吃吧。我一点一点吃下去，眼前有大片南瓜花在开，岁月的苦与甜，慢慢汇聚到我的舌尖上，在我的舌尖上相会。

第五辑

清平乐

夕阳渐渐落下去。鸟儿成群结队,吵嚷着往屋后的竹林里飞。大丽花在屋檐下静静开着。归家的人,肩上扛着夕照的金粉,成了亮闪闪的人。他们离家越来越近,越来越近……

走亲戚

那一年我四岁，有幸被奶奶选中，跟着她走了一回亲戚。我的兄弟姐妹多，这样的机遇不很多。所以那天，我显得特别乖巧特别兴奋，我抢着帮奶奶找梳子，抢着帮奶奶拎她的布包。布包里，有奶奶用手绢一层一层包起来的零星碎票。奶奶说："到人家吃饭不是白吃的，要给人情的。"这与小小的我无关，我只晓得跟着走亲戚，是一件比过节更令人快乐的事。

奶奶一路上成百倍地告诫我："见了人一定要叫，嘴巴要甜，这样才讨人喜欢。"我爽快地答应了，我希望做个被人喜欢的乖孩子，所以，一路上我一直念叨着伯伯、伯母（据说亲戚是远房的本家）。阳光温暖，牛奶样的游动着，我蹦跳着挽着小脚奶奶的手，像一只欢快的雀。

亲戚是下放知青，穿洗得很干净的白衬衫，皮肤苍白，这与我们乡间的农人大大的不同。奶奶进门时小声警告我道："城里人的规矩多，你不要多嘴多舌。"

这样的警告让我心存敬畏，原先的快乐被一种说不清的畏怕替代了。我牵了奶奶的衣襟，把身子藏到奶奶身后。我听到大人们热情的招呼声，但我不敢伸出头来，只躲在奶奶背后，拿眼偷偷往四周扫。两边的墙壁连同屋上方，全用干净的白纸糊着，白纸上贴了年画，很亮，很好看。

"这孩子，就是见不得大方。"我的手突然被奶奶用力一拽，小小的身子已到了奶奶跟前，奶奶说："这是我大儿子的小丫头梅，四岁了，也不叫人。"我害羞极了，低着头，只看到一个人的裤脚，那裤脚真大。还有鞋子，那是我从没见过的鞋，不是布做的呢。长大后，我才知道，那是皮鞋。

那个奶奶让我称他伯伯的人抱起我，用散着淡淡牙膏香味的声音问我："你就是梅？"然后把我仔细打瞧了两遍后，像个预言家似的对我奶奶说："这孩子长相不一般呢，将来准能出个人的。"奶奶赶忙回："农村的小丫头，长大嫁人，能有什么出息？他伯伯你说笑了。"

我不懂他们说的什么意思，看到那个伯伯叫伯母拿糖给我吃，我就很是开心起来，忘了羞涩，忘了害怕，伸出小手，也不顾奶奶的白眼警告，一把接过来。

午饭更是让我充满欢喜，竟是白白的大米饭，一点儿杂粮也没有的纯粹的大米饭，那在我们家，是过年也吃不到的。饭后，大人们在聊家常，伯伯家的两个大哥哥就陪了我去屋后的园子里捉鸟玩。午后的阳光斜斜地照下来，鸟的歌声停息在桂花树上。我快乐得像个小公主，真想就做了那个伯伯家的孩子，有糖吃，有大米饭吃，有白白的墙壁，有好看的年画，有长着桂花树的园子，还有洗得很干净的白衬衫。

但这只能是梦想，太阳还高高挂着呢，奶奶就来叫我，丫头，回家了。分别时，伯伯再次抱起我来，亲了一下我的小脸蛋，说："下次再来啊梅，伯伯钓鱼给你吃。"

我牢记了这样的话，并不以为这是成人的客套。伯伯既然说了下次再来，那就是说，他是喜欢我的，他是真的希望我下次再去的。从伯伯家回来后，我小小的心里，就开始酝酿起一个伟大的计划——我要只身一人去伯伯家！为了那好吃的白米饭，为了伯伯承诺我的鱼。我把去伯伯家的路线反反复复在心里面回忆了又回忆，途中要过好几座小木桥。我最怕过那样的小木桥了，站在木桥上，从木头与木头的空隙间，可以清晰地看见下面的河水流动。我害怕那样的流动，我觉得若我站在桥上，一定会被它吞没了的。

但过木桥的恐惧终敌不过大米饭的诱惑，在一个薄雾飘着的清晨，我一个人偷偷出发了。忘了前行的经过，只记得所有的木桥我都是爬着过的。正午时分，我终于胜利地抵达了伯伯家。伯伯一家人正在吃饭，吃的仍是白白的大米饭。他们见到站在门口的我，都大吃一惊。伯伯抱起我来，把我放到他膝上，一边叫伯母给我盛饭，一边用大手抚我的小脸，问："小丫头，你怎么一个人来了？"

我不答话，捧起碗就吃。那一顿饭真香哪，一粒一粒的白米，像圆溜溜的小珍珠，空气里氤氲着桂花的香气。那样的时光，仿佛用指轻轻一拂，就能拂到黏稠的香甜。我埋着头大吃的当儿，听见伯伯和伯母在谈我，我不记得他们说什么了，只记得他们用的是一种叹息的语气。饭后，伯伯又给了我两颗水果糖，我没舍得吃，我要带给妈妈。然后是两个哥哥陪我玩儿，具体玩些什么全忘了，在太阳要下山的时候，我想起了必须回家。

回家的路却不似去时的路那么好认了，走着走着，我就迷了路。又不敢问人，只在路上转。眼看着太阳落下山了，我很害怕，仰着脖子大哭起来。我的哭声引来了许多村民围观，他们议论纷纷，这是谁家的孩子？这孩子肯定迷路了。后来，过来一个女人，女人的样子我已无法回忆清了，只记得她很面善。她弯腰抚抚我的头，很温和地问："小丫头，你是哪家的？"我抽泣地说出了爸爸的名字，并且又添加一句："我家屋后，长着许多竹子的。"村民们一听都乐了："噢，原来是他家的小丫头啊。"女人也笑了，她把我抱起来，说："你这小丫头，你家里人还以为你掉河里淹死了呢，你爸爸妈妈已央人在河里打捞一天了。"

我被女人送回家的时候，母亲正坐在门槛上哭，邻居们围了一大堆，所有人都认定我死了，肯定掉到某条河里淹死了。我以为我惹祸了，很怕挨揍。到了家门口，我紧紧拽着送我的女人的手，死活也不敢进去。母亲过来一把抱过我去，欢喜得忘了责备，泪水糊了她满满一脸，她说："我的乖乖，妈还以为再也见不到你了。"

至今妈妈还说，我命大且聪明，那么小不点的人儿，会跑那么远的路，且在迷路的时候，还晓得说，我家屋后长满了竹子的。

全村人家在屋后长着青青竹子的，只有我家。一大片的，很远就能望得见，那一层一层堆积起来的墨色的绿。

采一把艾蒿回家

出城，去采艾蒿，带着儿子。城郊有一片小河，水已见底，里面长满艾蒿。

"彼采艾兮，一日不见，如三岁兮。"这是《诗经》里的艾蒿，是情深意长的牵念。其中的男人女人短别离，不过一日不见，竟如同隔了三年。爱，从来都是魂牵梦萦的一桩事。而我更感兴趣的是，那双采艾的手，如何落在艾蒿上。他采了做什么的呢？遥远的风俗，让我忍不住要做出种种臆想。

街上也有艾蒿卖，和苇叶一道。稻草胡乱扎着，一束束，插在塑料桶里。这种植物，叶与茎的颜色雷同，淡绿中，泛白，泛灰。这样的色彩，不耀眼，很低调。是乡村女儿，淡淡妆，浅浅笑。闻起来微苦，一股中药味。村人们又把它叫作苦艾。也只在远远的乡村，也只在荒僻的沟渠里生长。平时大抵少有人想到它，只在这个叫端午的日子里，它突然被记起。大人们会吩咐孩子，去，采几把苦艾回来。

那个时候，乡村的乐事里，采艾蒿，也算得上一乐吧。孩子们得了大人指令，如撒欢的小马驹，一路奔向那沟渠去。吵吵嚷嚷着，节日的喧闹，被我们吵嚷得四处流溢。很快，每人怀里，都有一大捧艾蒿。路上走着，一个个小人儿身上，都散发出一股中药的香味。

门前的木盆里，煮好的芦苇叶，早已泡在清水中。眼睛瞟到，心里的欢乐，就要蹦出胸口来，知道要裹粽子吃了。大人们这时若指使我们去做什么，我们都会脆脆地应一声，好。跑得比兔子还快。至于插艾蒿，那完全不用大人们动手的，门上，柜子上，蚊帐里，到处都被我们插满了。一屋的艾蒿味，苦苦的。大人们说，辟邪。我们虽对这风俗习惯一知半解着，但知道，插上艾蒿，就代表过端午了。于是很欢喜。

朋友是湖北人，也是写作的，曾与我在一次笔会上相遇。后来，她去了美国。她的家乡，过端午也有插艾蒿的习俗，她也曾于小小年纪里，去采过艾蒿。端午前夕，我收到她发来的邮件，她说，国内这个时候，又该粽子飘香了吧。并不是很想粽子，美国一些华人超市里也有卖。却特别想艾蒿了，想坐在艾蒿里吃粽子的童年，温和的中药味，把人包裹得又结实又温暖。

这就对了，故乡隔得再远，有些味道，注定是忘不掉的。

我的儿子，他第一次认识了艾蒿，他觉得奇怪，他捧着一捧艾蒿问我，为什么过端午要插艾蒿呢？我这样回答他，这是祖上流传下来的风俗。——辟邪呢，我补充。口气酷似当年我的母亲。想，若干年后，我的儿子的记忆里，一定也有艾蒿，以及，带他采艾蒿的那个人。

端　午

　　端午日脚下，布谷鸟的叫声，一声声掠过头顶。听着像吹哨子的，嚯咕嚯咕，嚯咕嚯咕。祖母把那翻译过来，她说，麦割鸟在叫麦枯草枯，麦枯草枯。年成不好啊，祖母一声叹。我的乡下，是把布谷鸟称作麦割鸟的。它一叫，就该割麦子了。

　　我们小孩子不关心割麦子，不关心年成的好与不好。我们只知道，麦割鸟一叫，端午就到了。欢天喜地跑去沟边渠边，割艾草割菖蒲，一路喧闹着扛回家，满屋子里乱插。

　　午后，家里的洗澡盆里，开始泡上新鲜的苇叶。糯米亦淘过水了，晾起来。祖母准备好和在糯米里的食材，大豆，小豆，花生。有时，难得的还会有红枣出现。肉是不大可能的，我们也不指望那个。有红枣粽子吃，就很满足了。

　　祖母裹粽子的手艺是相当精湛的，方圆几十里无人能及。村子里人家或娶或嫁，或新屋上梁，都必须有粽子出现，喻后代兴旺。每逢这时，他们都要来央我祖母，到家里去帮忙裹粽子，对我祖母说话恭恭敬敬客客气气的，像待上宾。这让我们颇是自豪和得意。

　　祖母裹的粽子像小斗笠，一只一只，结实漂亮，只只都能在桌子上站起来。煮熟了后，仍能保持着原样，只只还是结实漂亮的。剥开苇叶，咬一口，又韧又软又香，真是无法形容那种味道之好。仿佛她给糯米另外添加了什么，吃起来，味道就是跟别人裹的粽子不一样。

邻家小媳妇丽珠，裹的粽子却像乱草把，松松散散的，一到锅里就炸开了，常被村人们拿出来当笑话说。祖母拿丽珠的事教育我和姐姐，你们要好好学学裹粽子，将来，嫁人了，到了婆家如果不会裹粽子，也要被人笑话的。

我们便认认真真学起来。祖母手把手地教，如何添叶，如何加米，如何包扎。步骤是一点儿也没错，但我们裹出来的粽子不是松了，就是样子难看，弄得祖母很担忧，你们这笨手笨脚的，以后要被你们的婆婆嫌死了。

那时我真的很担心来着的，每年总要过端午的，过端午总要裹粽子的，将来，我不会裹粽子，拿什么来过端午呢？然等粽子的香气在锅上袅袅升起时，我就彻底忘了担心。高兴，真高兴啊，满满的粽子香，厨房里藏不住了，飘到院子里。院子里藏不住了，飘向空中。这家那家的粽子香，很快会合到一起，一个村庄，都缠绵在粽子香里了。

祖母说，等等，还没熟呢，还要再沤沤呢。对，那是沤，不同于一般的煮，是要用上好几个时辰的。我们等啊等啊，那几个时辰真是漫长得厉害，我们都打了一篮子猪草回来了，我们都提了一水缸的水了，锅里的粽子，还要再沤上一会儿。

好不容易等到祖母说，好了，粽子沤好了。我们那个激动啊，一齐围过去，顾不得烫，捞一只在手里，站到院门外通风的地方吃。

夕阳渐渐落下去。鸟儿成群结队，吵嚷着往屋后的竹林里飞。大丽花在屋檐下静静开着。归家的人，肩上扛着夕照的金粉，成了亮闪闪的人。他们离家越来越近，越来越近，粽子的浓香，扑进他们的鼻子里。这天晚上，一个村庄，都在吃粽子。

焦　雪

六月六，吾乡家家户户都要炒焦雪的。"六月六，吃块焦雪养块肉"，这歌谣，我们是打小就会念的。

传说也感人。说是从前的从前，吾乡闹灾荒，饿殍遍地。天上的雪神看不下去了，在六月六这天，他以降雪的名义，给吾乡人降下了炒熟的面粉。

吾乡人初见时吓坏了，六月天里，天上怎么飘起焦黄的雪了？他们不知，那是雪神使的遮眼法呢，是为蒙蔽玉皇大帝的。雪神不敢违背天条，直接降下雪白的面粉，他就故意把面粉给炒熟了，看上去，像是一堆儿黄土。

有人伸手接了这天上降下的焦黄的雪，意外闻见手上有浓浓的麦子香。他试探地塞进嘴里去，天哪，居然能吃，喷香的味道，满嘴里乱窜。后来有人拿开水泡了，腾起的香雾直钻鼻孔，稠稠的，竟是比粥更好喝。吾乡人高兴坏了，都拿袋子争相收集这焦黄的雪，大家靠这个度过了饥荒。

为了纪念好心的雪神，吾乡人把这种食物称作焦雪。每年六月六，家家必炒焦雪。

这炒焦雪是有讲究的，火不能大，也不能急，必须文火细烤，慢工出细活。烤出来的焦雪呈金黄色，才算最好。用滚烫的开水泡了，加点红糖。哎，那滋味，香到骨髓里去了。

我后来去老街上念书，在学校里寄宿，三顿饭老吃不饱，我奶奶心疼我，就给我炒焦雪。用布袋子装了，外面套上塑料袋，让我带到学校里。一次带上的量，总能对付一个星期。

我的同学也都带了焦雪到学校，相互间分着吃。也就吃出差别来，有的麦子香味浓郁，那是真正炒到家了。有的却味道寡淡，那是火候未到。我奶奶炒的焦雪，总能赢得交口称赞。

那时，我们长个儿，天天"闹饥荒"。有同学带一大袋焦雪来，她不过转了一个身，那袋子里的焦雪，已少去一半，——被大家偷吃掉了。有一个女生，怕人偷吃，特地买了把大锁，把她的焦雪锁在包里，吊在床顶上。结果，那锁不到两天就给人撬开了，里面的焦雪，被吃了个精光。气得女生叫骂了两天，大家听着，只捂着嘴乐。

那时，我在教室里上晚自修，作业做着做着，似乎就闻见了焦雪香。知道待会儿回宿舍，可以泡上一瓷钵子的焦雪吃的，心里充盈着幸福。

挂在墙上的蒲扇

逛街，偶见一地摊，摆在护城河畔，卖些杂七杂八的物什，里头有针头线脑、鞋垫、淘米篮子啥的。在地摊一角，还横七竖八摆了些蒲扇卖，扇面上烫了画，小巧盈手。更像工艺品。

这是走了样的蒲扇。但到底是蒲扇，我的心底，还是起了波澜，有久别重逢的欢喜。我停下来买一把。那人问，买了做什么？我答，回去挂墙上。

记忆里，没有蒲扇的夏天，哪里叫夏天？

那个时候，夏天纳凉的唯一工具，是蒲扇。哪家少得了它？卖蒲扇的男人，担着一担子的蒲扇，到乡下来。他手里擎把大蒲扇，大烈日下，边扇风边挡太阳。主妇们围拢过去挑，七嘴八舌着。其实有什么可挑的？都是一样的，簇新簇新的。新做的蒲扇，面容洁净，笋白着。闻闻，有股类似于麦秸的味道。

买回的蒲扇，主妇们都用布条，把边子重走一遍。镶了边的蒲扇，有些沉，扇的风，不爽快。但耐用啊，即使天天摇，一个夏天也摇不坏，可以留着，待下一年夏天再用。

晚上，村人们自动组合，三五个聚一起，在空地上纳凉。人人手里一把蒲扇，不紧不慢地摇，摇出了不少的俚语笑话。孩子们是绝没有耐心摇蒲扇的，他们呼朋引伴，一窝蜂地钻草堆，蹲草丛，玩得汗流浃背。总有母亲，捉了自家的孩子，用蒲扇在他的屁股上敲两下，怒斥，你能不能安神点？瞧瞧，刚洗完澡的，身上又淌湿了！

理她呢。撇撇嘴，嬉皮笑脸着，"哧溜"一下，如小泥鳅似的滑开去。草丛里的热闹，永远吸引着孩子。萤火虫装了大半瓶。真可怜了那些小虫子，它们若不是那么招摇，何至于落下被囚禁的命运？到最后，如何安置那些"囚犯"的，孩子们已不理会了，那瓶子多半被随手扔了。第二天晚上，另找了空瓶子来，再捉。夏夜的天空下，萤火虫永远多得像天上的星星。

玩累了，一个个躺到自家搭在门前的门板上，安静下来。夜渐渐深了，四周的声音，渐渐隐伏于夜的深深处。这个时候，稻花的清香，随着风飘来，一阵一阵。有鸡在梦中打鸣。天上的星星，繁密得像撒落的米粒。

祖母摇着蒲扇讲故事，重重复复讲的都是小媳妇遇到恶婆婆了。她摇着摇着，那速度就慢下来，嘴里的呢喃，终至消失，鼾声起。我们抬眼看她，她坐在椅子上，头垂着，嘴巴微张，握蒲扇的手，也垂着。我们扯拉她手里的扇子，祖母惊醒，用扇柄轻敲我们的手，笑说，调皮啊。复又慢慢摇起来……

这样的景，再无处可寻。曾经一个个摇着蒲扇的人，都跟着岁月远去了。我的外婆走了。我的祖母走了。我的祖父走了。而我每次回乡下，母亲都要告诉我，哪个我熟悉的乡亲，也走了。偌大的乡下，再不见了蒲扇的影子。家家都装电扇了，甚至蚊帐里，也挂上一台。仿佛这承载了三千多年历史的蒲扇，从不曾来过。

我把新买的蒲扇挂上墙。我指着它，告诉邻家三岁小儿，我说这叫蒲扇，是用来扇风的。

天 水

连续的雨天,叶子在风雨中打着旋,不堪重力般的,一头栽到路面上。行人都瑟缩在雨披里,嘴里嚷着,好冷。是冷,一路下班归来,手脚冰凉。眼看着天黑了,雨却仍没有停下的意思。

厚棉被捧出来了。取暖器也搬出来了。插上电,不一会儿,芯片就红红的了。一居室,开始被熏得暖暖的。风在窗外,雨在窗外,夜在窗外。急雨敲屋,敲窗,它们进不来,我有安心的感觉。

想起一首诗里写的,绿蚁新醅酒,红泥小火炉。这场面真是温馨。新酿的米酒,在小火炉上温着。这也罢了,偏偏一绿一红,这样的色彩,诱惑着我的想象:一定是新米酿的酒罢?上面泛着绿莹莹的光。红泥的小火炉,被炭火烤着,泛着夺目的红色。让人冻僵的四肢,在瞬间活泛起来。这样一个雨夜,我渴望也有这样一炉火燃着,有这样的酒温着,虽然我不会喝酒,大概也难以抗拒这样的温暖,会饮上一杯的吧。醉了又何妨?风声雨声在屋外,我可以守着一屋子的暖。还求什么呢?

那人躺在床上傻笑:"真好。"他不是个诗情画意的人,有时甚至是严肃的,却在这雨夜里,变得像个孩子,欢欢喜喜把被子裹在身上,叹着气说:"真幸福啊。"幸福什么呢?外面惊着天动着地,雨狂风狂;室内,却有一屋子的安稳和温馨。这样的安稳和温馨,真叫人感激。

"你听，你听。"他让我听雨敲在琉璃瓦上的声音。"像不像打夯？"他比喻。我说打夯是什么？他就很细致地解释给我听，说人家砌房子时，必须用石头夯实地基。那时，很多男人一齐用力，"嗨哟"一下，把石头结结实实夯下去，发出"咚"的一声。再提起，再"嗨哟"一声夯下去。就这样一下一下的。

我笑。一群男人，赤着膊夯地基的样子就在眼前晃。他们口里哼着号子，一声一声，可不正像这急雨敲窗么。房子是砌给人住的呢，一点马虎不得，地基夯得越实越好。盖房子的主家，白面馒头在一边蒸着，候着他们。夯累了，一个个坐下来，大口吞馒头，一边开着荤荤的玩笑，劳作的艰辛，就这样过出快乐的味道来。

再听，这急雨又像一群心慌慌的孩子，赶着去邻村看一场戏。戏早就开场了呀，他们却因什么事耽搁，去晚了。一碗热粥在大人的"威逼"下慌慌喝下，从喉咙一路烫下去，直烫到心口，也管不得的。碗搁下时，人早已跑到门外去了。一路小跑，脚步纷乱，边跑还边叫，等等我呀。其实，哪里用得着这么的急，那些戏，总是那村演了再到这村演，日后有得看的。上了年纪的人，在路上走得不慌不忙，一边走，一边对着那些孩子慌慌的背影说，心慌吃不得热粥哟。是不相干的一句话，却有老人的老经验在里头。孩子不懂这些，他们总要经历很多岁月之后，才会变得从容。

雨仍在下着。一个夜，静了。老家的屋檐下，少了等雨的盆罢？那时，老家还都是茅草房，再急的雨，打在茅草上，也变得温柔，是沙沙沙的。仿佛有无数只小手，抚在人的心上。祖母总喜欢放只盆在屋檐下等雨，那些浸过茅草的雨，顺着屋檐落到盆里，褐色的红。祖母说那是"天水"。"甜呀。"祖母说。让它沉淀了，烧茶喝，或是煮粥吃。

我有没有吃过"天水"烧的茶或煮的粥呢？我不记得了。想来总是有的。小时的需求简单，有茶喝有粥吃就是好了。祖母会让我们吃出花样来，譬如用这"天水"烧茶煮粥，还是原来的锅碗，里面盛的东西，却变得美好起来香甜起来。

问他:"你知道天水吗?"

他奇怪:"什么天水?"

我独自微笑。在一屋的雨声里,想"天水"和我的祖母。她们在这个世上真实存在过,又一同消失在时空里,成了浩渺中的永恒。

晒　秋

篁岭的清晨，是静的，几乎不闻任何声响。

我站在客栈的露台上，往对面看。对面青山隐隐。空气是蓝紫的，大地是蓝紫的，像哪里泼下蓝的紫的颜料来，慢慢地，被水雾给泡淡了，变成了恰好的温柔色。楼下，有妇人带着两个小女孩，坐在一堵矮墙边，矮墙上搁着一些泥盆子，里面长着些葱和香菜。妇人和孩子在热烈地说着话儿，啁啁的，如鸟语。

早饭吃的是面条，上面卧一只荷包蛋，客栈的女主人亲自起床给我和那人下的。我很想再要点香菜和葱加进去，门口泥盆子里的香菜长得好，葱也长得好，最宜吃了。再一想，人家长在那儿，或许不为吃，只当风景赏着的，遂作罢。

坐缆车上山，山上是另一个世界。层层梯田如棋盘似的，一盘一盘摆在山坡上，等着谁去落子。谁去？油菜们去呢，山坡上的油菜已种下，绿成一片。茶树们去呢，时有一两棵茶树，顶着一树的小白花，做沉思状。马兰头和小野菊们去呢，它们最是活泼了，从这副"棋盘"中，跳到那副"棋盘"中，蓝紫的、蛋黄的影子一闪一闪的。也有樟树和糙叶树也来凑热闹，它们个头太高大了，往哪儿一站，哪儿就有了几生几世的样子。

山上一个村庄，里面收藏着的，都是从前的人生。房屋顺着山势而上，一幢挨着一幢。高高的马头墙，迎接太阳，也迎接星星。山上的居民，现在，大多数都搬到山下去了，这里成了农耕文明的一个博物馆。

晒秋，是篁岭景观的一大特色。来此的游人，百分之八十都是冲着晒秋来的。只见每幢房子的檐下，都有一排长长的木棍伸出去，上面搁置着匾筐之类的物件。秋收时节，摘下来的柿子、辣椒、玉米、稻谷、茶油果子，都搁在这上面暴晒。屋顶的平台，也都做了晒台。站在村庄最高处俯瞰下去，落进眼睛里的，是高低错落的晒台，上面摊着红的辣椒和柿子、金黄的玉米和稻谷，还有或黄或白的菊花，映衬着粉墙黛瓦，怎一个斑斓了得？每个来到这里的人，初一见，都要吓一大跳，真是斑斓得丢了魂了。就听得有游客不自觉大叫一声，没得命了。她是实在找不到词来形容眼前的壮观。没有人觉得她叫得夸张，大家都发出会心的一笑，只恨眼睛太小，装不下这么多的斑斓。

梯田是篁岭的另一大特色。稻子收了，油菜种下了。如绿的细浪，一波一波的，荡出优美的纹路。让人不得不佩服那些勤劳的人，是他们，在山坡上，一锄一铲，绣出这等图画来。顺着梯田，走了一圈，路边不时有开得好好的马兰花和野葵跑来凑趣。当地人提篮叫卖山上的野果子乌梅，竹篮子里，紫乌透亮的乌梅，像一堆黑眼睛。还有卖野蘑菇和野山菌的。铺开的背景，是一幅斑斓的晒秋图。

我真想做一回当地人，就坐在那里，卖卖乌梅。不卖乌梅的时候，我就做一朵野花。就做一朵马兰花好了，一边听山风吹，一边唱着歌等着蝴蝶来。

白棉花一样的阳光

那些土墙，褐黄里，泛出浅白。那是我家乡茅草房的墙。

我们倚了土墙晒太阳。一村的人，都倚了土墙晒太阳。那是些晴好的天，太阳温暖得像盛开的棉花，一朵一朵落下来，覆在土墙上，土墙便慈眉善目得像一个温厚的老人。

倚了这样的土墙，心是安宁的。人们有一搭没一搭地说着话，一年忙到头，难得的清静与悠闲。他们多半会眯了眼，享受般地晒着太阳，像一群安静的羊。身上能晒得冒出油来。

孩子却是喧闹的。在土墙边，挖个坑儿，滚玉球玩。或是跳绳、踢毽子。有眼馋的大人，敌不过孩子的闹，加入孩子的行列去。譬如踢毽子。哪里是孩子的对手？小家伙们手呀腿的灵巧得跟小鹿似的，他们却动作笨拙，不复年轻时的矫健。于是在孩子们的哄笑中，讪讪笑说一句，骨头老喽。

这个时候，最美的画面，要数那些女人。她们挨了土墙坐，穿着或红或绿的棉袄，手一刻不停地扯拉着棉线，她们在纳鞋底。脸上一团平和，暗地里却在较着劲，看谁纳的鞋底好，做的鞋漂亮。

其实，只要一低头，看看她们及她们家人脚上穿的鞋，也就一目了然了。最常见的布鞋，是白的底，黑的鞋面。但也有翻新的，女人挑一方红格子的布，做成鞋面，在视觉上就出格了去，让人一眼看到她脚上漂亮的鞋。一家有，百家仿，用不多久，全村的女人，都会穿着红格子面的布鞋。

那时，乡下恋爱中的女孩，送给意中人的定情之物，大多是布鞋。她们瞒了旁人的眼，在夜里，拥着被子，细细估摸着意中人脚的尺寸，然后一针一针密密而下，是扯不断的柔情。鞋做好了，她们会在有月亮的晚上，约了意中人见面。月下相见，没有多的话，只把一双藏着千行情万行意的鞋往对方手里一塞，扭头就跑。好了，这双鞋，就私订终身了。

我的母亲，曾是个做布鞋的高手。她手把手地教过我纳鞋底，教过我剪鞋面，但我怎么学也学不会。为此，母亲忧心忡忡地说，这丫头怎么好呢，长大了哪个人家会娶她？

想想当时我好像也着急来的，不会纳鞋底，以后我穿什么呢？

我长大后，顺利嫁了人，不需要穿布鞋了。我拥有各种各样的高跟鞋，它们"嗒嗒"有声地走过一些路面，把我的身子衬得亭亭，让我极尽优雅。但我也常常为它们所累，每日回到家的第一件事，就是甩掉脚上的高跟鞋。

这个冬天，天气非常的冷，虽然也有阳光，但都像长了绒毛似的。我走在街上，不知怎么想起我记忆里的土墙来，想起那些倚着土墙而坐的人，还有，那白棉花一样的阳光！那些人，好多的已不在了，随着那白棉花一样的阳光，消散在时空中。我的母亲，也早已不能穿针引线了。

我强烈地怀念起布鞋来，怀念那一针一线的温暖。我满大街去寻，最后终于寻到一个鞋摊，上面摆着的，全是布鞋。黑的鞋面，白的鞋底，是曾经的模样。极便宜，十块钱一双。我立即买了一双，穿在脚上。我低到尘埃里了，看见了喜欢的人的脸，我觉得幸福。

棉被里的日子

太阳照着,很好的晴天。这是深秋的天,有太阳的时候,天高云淡的,适合踩着落叶走,亦适合晒被子。

说起晒被子,小时的阳光,便穿透岁月而来。那个时候,人单纯得像玻璃娃娃,阳光照在身上,会发出晶莹的光。母亲把棉被,一条一条展在太阳下晒。母亲算不上是一个美丽的女人,她瘦,且黑,也没有飘逸的长头发。可晒被子的母亲,浑身像罩着七彩呢,一举手,一投足,都显得动人。

棉被的被面上,印着硕大的花,花瓣儿开得恨不得掉下来。我认不得那些花,可看着喜欢。也有喜鹊站在花枝上,尾巴拖得长长的。被面的底色,大红或大绿,耀眼得很。阳光掉在上面,"嘭"地开了花。我把小脸埋在被子里,不肯抬起来。被子软软的,阳光软软的,像母亲的手掌心。母亲叫:"丫头,汗会蹭上去呀。"不听。母亲也不当真,任由我去。有时头埋在被子上,埋着埋着,就睡着了。四野静静的。

那时乡村人家嫁女儿,嫁妆里最出彩的,要数棉被了。红红绿绿簇拥着,六条或八条,极霸气地耀人的眼。乡人们围着看,对着被子评头论足,说厚了薄了,或是多了少了,整个的喜气洋洋全在棉被里藏着。

我结婚时,已流行丝绵被。薄薄的,轻软。母亲却说:"哪里有棉花的暖和？"执意给我缝新棉被。八床新被，四条大红，四条水绿，是我见惯的那种被面，上面开着大团的花，牡丹或芍药。也有喜鹊朝阳，拖着漂亮的长尾巴。被子艳艳地放在装嫁妆的卡车上，一路吸足了眼光，听得路人说："瞧，那些被子。"心里得意，我是被宠爱的女儿呢。这些被子，我一直盖到现在。

  天好的时候，我会把它们捧到阳光下，像我母亲那样，把它们一一展开来晒。被面上大团的花，就在阳光下盛开了，开得欢天喜地。朋友有次来我家，看到我晒的被子，惊讶得两眼瞪得溜圆，叫道，好乡气！我笑着不理她，乡气里缠着我小时的好，她哪里懂得。

  天阴过几天，突然放晴，母亲来电话说："天好起来了，多晒晒被子啊。"母亲总是操着这份心，怕我不会过日子。她哪里知道，一个女人一旦走进婚姻，会无师自通学会做很多事。譬如，天好的时候，洗被子，晒被子。

  现在，我的大花被就在阳台上晾着，卖大米的从楼下一路叫过去，邻里的声音高高低低传过来。这是俗世，阳光照着，日子在棉被里安好。

鸟窝·菊花

有两样东西，无论在什么地方看见，我的心里，总会腾起细浪来。如轻风来拂，漾起层层波纹，每道波纹里，都是柔软和欢喜。这两样东西，一是鸟窝，一是菊花。

鸟窝筑在高高的树上，树是刺槐树，和苦楝树。乡村里，这两种树特别好长，家家房前屋后，都有几棵几人合抱才抱得过来的刺槐和苦楝，也不知它们到底生长了多少年，它们应该比村庄还要老。春生家的白眉毛老爷爷说，他小时候，就在这样的树上掏鸟窝的。

鸟窝都是喜鹊们筑的。乡村多喜鹊，一领一大群，在人家房屋顶上喳喳喳，在田野上空喳喳喳。这种鸟，天生的憨厚，只要一扯开嗓子，就欢快得很，仿佛从不知忧愁。它们筑的窝，大，有面盆那么大，托在高高的枝丫上。窝筑得简陋，枯树枝乱七八糟搭在一起。它们是憨夫憨妇过日子，搭了窝棚住，也能将就着的，只要每天能看到太阳升起，日子里就有快乐。

天气开始转凉的时候，村庄的鸟儿，都远飞温暖的他乡去了，只剩麻雀和喜鹊。麻雀四处流浪着，飞到哪儿住哪儿，柴禾里，竹林里，芦苇丛里……得过且过。只有喜鹊，还守着它们的窝，一板一腔地过着日子。

风一阵紧似一阵，刺槐树上的叶，掉了。苦楝树上的叶，掉了。直到一个村庄的叶,都掉得差不多了。天空开始变得又高又远,村庄呈苍茫色。光秃的枝丫上,喜鹊的窝,有些孤零零的。秋深得很彻底了。

这时,却有另外的色彩艳艳地跳出来,那是屋檐下的一丛菊。并不曾留意,它们是什么时候生长的,从冒芽,到长叶,到打花苞苞,它们都默默无言地进行着。一朝花开,却映亮了一个庄子。每家的茅草房,都变得黄灿灿。邻家女子,这时节有人来相亲,没有胭脂水粉好打扮,就掐一朵黄菊花,插到发里面。见了人,羞涩地低下头,寻常女子,也有了婉约和动人。

李清照说,人比黄花瘦。她说的黄花,是指菊吧。我却不认同的。菊哪里瘦了?我记忆里的菊,是一大朵一大朵怒放着的,丰腴着的。黄巢的"满城尽带黄金甲"好,把菊的声势给写出来了。当一个村庄的菊花都盛开了时,那真是满村庄尽带黄金甲了。你旅途劳顿,远远归来,望见村庄。这时,跳入你眼帘的,有两样东西,一是高高的树上,蹲着的大大的鸟窝。一是家家门口,捧出的一片金黄。你奔波的劳顿立即消散,你想到家里温暖的灶台,冒着热气的玉米粥,拌了两滴麻油的小菜,还有,倚门守望的人。再大的寒潮,也侵袭不到你了。

有家可归,有人在等,是幸福的。这种幸福的味道,经年之后,你还能咂摸出那层浓烈。对故乡的感情,原是深入骨子里的。

我在另一个秋天,去拜访一个朋友。朋友住在一个小镇上,房前有树,房后也有树。我惊喜地看到,那房前的树上,蹲了两只大大的鸟窝。屋檐下,一丛黄菊花,开得正明艳。我对朋友说,我喜欢你这里,很喜欢。

来年的春天,朋友到我居住的小城有事,遇到我,我尚未开口,他就说,你放心,那鸟窝还在的,那菊花也还在的,到秋天,就会开花。

稻草人

水稻刚刚抽出淡黄的穗,南来的风,还有些闷热,祖父就忙开了。

他自去屋后砍下几根竹子,再去草垛上,扯下几把稻草来,人便蹲到屋檐下。我们知道,他要扎稻草人了。

邻家老妇人站在一边看,嘴里央道,四爹,帮我家也扎两个呗。祖父答应一声,好。眼见得寻常的稻草,在祖父的手里,一上一下跳着舞,不一会儿,单薄的稻草们,就变得饱满起来,变得有血有肉起来,它们有胳膊有腿的,还有一张鼓鼓的脸。

稻草人扎好,我们退后几步看,它真的是一个人啊,昂首挺胸,神气活现。祖父找来一顶破草帽,扣到它头上,它一下子沉默了安静了,变得像另一个人了。

像放牛的张二小呢,我们说。一旁的大人们愣怔了一下,都笑起来,说,可不是么,还真有点像。

稻草人一个一个站到田埂边。这个时候,乡村的田野,辽阔无边。风唰啦啦吹过来,稻浪翻滚,金光闪闪。稻草人稳稳站着,目不斜视,像尽心尽职的士兵,守着它的岗位。我们小孩子围着稻草人,玩打仗的游戏。稻草人被我们封为指挥官,那些来啄食的鸟雀,理所当然成了入侵的敌人,被我们追得满稻田上空慌乱地飞。

玩累了，我们坐到田埂边。太阳还没有完全沉下去，月亮却迫不及待升起来，淡淡的，飘在天上，一枚荻絮似的。鸟雀的喧闹声，从头顶上空，密密匝匝砸下来，它们成群结队呼朋引伴飞向巢窝。四野里，却静，静得让人心慌。我们扭头看稻草人，它没在黄昏里，一半黛青，一半橘红。我突然被一种忧伤的情绪攫住，不可名状，——那稻草人看上去，太像放牛的张二小了。

张二小比我大几岁，从小没了父母亲，形只影单地陪着一头老牛来来去去。见了人，也无话，只低着头，想他自己的心事。村人们都说这孩子脑子有毛病，说到他，前面都加个"呆"字。那个呆张二小啊，他们这么说。可我从没觉得他呆，他会用小草编蚂蚱，还会做芦笛，吹出像汽笛鸣叫一样好听的声音。

不多久，稻子熟了，人们收割上岸，却把稻草人遗弃在田埂边。秋渐深，稻草人站在清寒的风里面，日益单薄。鸟雀们早就不怕它了，不时站到它的肩上打打闹闹。风刮得越来越紧时，它终于瘦得只剩下一副骨架。冬天来了。

这年冬天，放牛的张二小突然死了，死于出水痘。当时，全村出水痘的孩子有百十个，只他死了。说是半夜口渴，他起床舀了一瓢生水喝，引发高烧。被人发现时，他在床上已僵硬多时。那些日子，村人们谈论的话题，都是张二小。可怜的孩子，村人们摇头惋惜地叹。叹完后，各回各的家，自有长长的岁月要过。我跑去田埂边看稻草人，它的骨架，已不见了，许是被谁捡回家去当了柴禾。

天上开始飘起了雪花，急急的，白蛾子似的在空中扑腾。很快，褐色的大地上，覆盖了一层白，不见了田野，仿佛那里从来不曾有过稻草人。

那些远去的农具

石 磨

石磨，石制工具。由两扇圆石组成，一上一下放置，中有铁轴相连。在两扇圆石的接触面上，都凿有槽痕，用以磨碎谷物。

过去大户人家，有专门的磨坊，使了驴子拉磨。驴子被蒙上双眼，套在石磨上，活动半径只有石磨那么大。可怜的驴子绕着石磨转啊转，一天天，一年年，直至老死。最后，能把磨坊的地，给踩陷下去尺把深。

我没见过驴子。到我有记忆时，村里家家都穷，都是人拉磨。我们家也是。

晚上，刚喝过稀饭，我和姐姐浑身是劲，握了石磨的拉杆，拼命牵拉，石磨跟在后面快速转动，咯吱咯吱。负责添料的祖母，一边手忙脚乱地给石磨添料，一边说，伢啊，悠着点，远路无轻担啊。

祖母的话，很快得到应验，我们疲倦了，牵拉的速度慢下来。稀饭不顶饿，饥饿跟着来了。夜深人静，也瞌睡。石磨"跑"不动了。

祖母给我们长精神，祖母说，磨完这桶玉米，明天给你们烙玉米饼吃。

那时，口粮实在紧，到第二天，未必真的有玉米饼吃。但我们还是被玉米饼刺激得睁大眼睛，强打起精神，又把石磨拉得飞快转。

风从门缝里挤进来。桌上，煤油灯的灯芯，像一根绒草，晃啊晃的。人的影子，便在土墙上不停地跳着舞。石磨一圈复一圈地转动着，咯吱咯吱。祖母的声音，隔得遥远，祖母说，再磨两圈，明天给你们烙玉米饼吃。我们模糊地答，哦。

草　耙

耙是农家必备的农具之一，用于翻地。收获在地底下结果的作物，如山芋、胡萝卜，也离不开耙。兵器中也有耙，像《西游记》中猪八戒整日里扛着的，就是耙。铁器家伙，耙齿都锃亮锃亮的，看上去就蛮吓人。

草耙温和多了。竹制作而成，柄是竹子的，耙齿亦是竹子的。它是专门用来搂草的。

那个时候，不单粮食匮乏，草也匮乏。家家都是土灶，一口大锅，既煮人吃的，也煮猪吃的。草不够烧，便扛了草耙，到处去拾草。这活儿不重，基本上都交给孩子做。

村子里，整天便晃动着五六岁到十来岁不等的孩子，人人肘挎竹篮，肩扛草耙，在沟边渠边转悠，两眼紧盯着地上。地上可真叫干净，草屑儿几乎落不到一粒，全被草耙子给捡了。孩子们也曾因抢一捧草而打起来，草耙跟草耙格斗。还好，草耙到底是温和的，伤不到哪儿去。

多年后，我的脑海中挥之不去的，是这样的景象：黄昏，弯弯曲曲的田埂上，走着几个孩子，他们挎着竹篮，扛着草耙，小小的身子上，驮着夕阳的影子。

碌 碡

每家都有这么一个碌碡，石头的，圆柱形，粗粗的，笨笨的。两头套上套索，牛拉，后面男人挥着鞭子赶，在铺满小麦或水稻的场地上，一圈一圈走。碌碡碾过的地方，麦粒或稻粒脱落下来。

村里男人比力气，打赌，谁能把碌碡举过头顶，就赢二十个馒头。结果，一个叫二愣子的光棍汉，双手捧起碌碡，在一片惊叹声中，举过头顶去。他赢了二十个馒头，当场一个一个吃下去，惊呆了一场的人。好长时间，村人们的谈论里，都离不开二愣子和二十个馒头。大家都把他当作了不起的人。

六月天，队场那头老黄牛，拉着碌碡，在铺满小麦的晒场上，昏头昏脑地走。无风，阳光白花花，四野寂静。只有碌碡的声音，吱吱呀呀碾过。赶牛的鳏夫胡二，寂寞了，扯开嗓子大声吆喝老黄牛，喝！喝！阳光被他吆喝得四下飞溅，四野越发寂静。

这么些年过去，赶牛的胡二，已故去。队场的碌碡，不知去了何处。我回老家，看到我家的碌碡，被弃于屋后，上面爬满绿苔。它的身下，却探出几朵粉红的凤仙花，在岁月的风里，笑盈盈。

冬日即景

一

我喜欢跟树木花草一起虚度光阴。

这几日，都是暖阳。我在午后，铁定是做不了什么事的，我要出门去。

我惦念生态园里那一片琼花。我想看看冬天它们的叶子。

一路都是好风光。我的小城之好，在于它四季明朗，然又不过分泾渭分明。冬天里不是满目皆萧条，总有些花在开着，杜鹃、月季，还有些小野菊。有些草也还绿着，却又有茅花，顶着一头的白，站在一条河边，静默不语。鸟雀们在树木深处喧哗得厉害，它们不用背井离乡南迁，在这里，可以安然越冬。

我如愿见到琼花。叶子有变红的，有变黄的，有青色的，斑斓得像油画。我把它们捉进我的镜头，每一幅都能直接裱了，挂墙上当装饰画。

遇到一树燃得沸沸的枫叶。一对老夫妇绕着它转。老先生举着相机，让老妇人站过去，跟枫树合个影。老妇人见我在看她，有些不好意思，说，不拍了吧不拍了吧。我笑笑，走开去。回头，看到老妇人正偎着那一枝儿红叶，笑得满脸生辉。

遇见夕阳。像一只吹足了气的大红气球。我待在湖边，从芦苇丛中看它。我以为它会飘落下来。它当然没有，只留给湖水一道靓丽的背影。

它慢慢小下去，最后，成了一颗糖果，甜蜜地化了。

二

在阳台上洗衣，随意往楼下瞟一眼，看到楼下的那棵枫树，颜色又比昨日深了些。它是慢慢在上妆，慢慢打着腮红，画着红唇，它陶醉在它的芳华里。

枫树下突然有个人影一闪，我好奇了，索性不洗衣了，靠着窗，看那人做什么。密密的枝叶遮住那人的上半身，只看到那人的蓝衣裳的一角。他是踮着脚尖的，向上、向上。我猜测或许是个有情趣的老先生，禁不起这一树绚丽的招引，他许是在用手机给它拍照。又或是在赏观叶子上的脉络，那血管一样的生命流向，很值得细细把玩。

我等着他从树下走出来，想着以后若在小区里遇见了，我一定要主动跟他打声招呼。因他爱着我的爱。那人影忽然一闪，真的从那密密的枝叶间钻了出来，我哑然失笑，"他"竟是个青年女子，女子手上执着一枝火红的枫叶。她原是为寻得一枝最好看的攀折下来。

女子可能感应到什么，她抬头朝我看过来，似乎有些难为情了，把那枝枫叶，往怀里拢了拢，急急地，转过一幢楼的墙角去了。

我终于笑起来，想她"偷"得有趣。这枝枫叶，将插在她的小屋里，她每看一回，心里定乐一回。对枫叶来说，也算是得遇知己呢。

槐树和喜鹊

老家多槐，乡人们对槐树的感情有些像亲人。小时走亲戚，被关照，拐过路口那棵大槐树就到了呀。于是路口的大槐树，就成了一个目标，一个依托。后来看黄梅戏《天仙配》，看到老槐树开口说话，日子里就多了许多念想，常望着老屋门口的槐树发愣，期待它能开口说话，像传说中的仙人一样，让我许个愿，而后帮我实现。

那时的愿望，不过是想要一盒彩笔，一根扎辫子的红绸带。童心里，不贪，只要手握住的幸福就可以了。槐树到底也没开口说话，倒是父亲，常指着门口的大槐树，对我和姐姐说，这是将来给你们做嫁妆的呀。

槐树开花时，不用眼看，用鼻子嗅嗅就知道了。那时空气中，满窜着槐花的甜味儿，甜得缠人。河边的槐树，因势而长，长得很艺术，虬着枝干。一树的花，垂挂着，伸手可捋。村人们路过，总要捋上两把槐花，挂到掮着的锄柄上，一路走着，一路吮着。小孩子身子灵巧，小猴儿似的，眨眼之间，已爬到高高的槐树顶上去了，坐在一丛花里面，吃个饱。再下来，那衣兜里，塞得满满的，都是槐花了，奶黄的小朵儿，一串串，在口袋边招摇，像风的尾巴。我祖母手巧，曾熬过槐花糖给我们吃。至于用槐花做菜肴，做馅，就更为家常了。

我要说的不是这些，我要说的是喜鹊跟槐树。如果说槐树是乡村里最常见的树，那么喜鹊，就是乡村里最常见的鸟。乡下孩子刚睁眼看这个世界，年轻的妈妈就会指着屋前槐树上的大鸟让他认，那是喜鹊呀。乡人们对喜鹊的喜欢，带着宠溺，带着偏爱，"喜鹊叫，喜事到"。喜鹊其实每天都在叫的，但我们就是相信了这一句话，认为所有的好事，都是喜鹊叫来的。

喜鹊的窝，大多垒在高高的槐树上，须仰了头望。大冬天，好多鸟儿都飞到南方去了，喜鹊却不走，它恋家得很。它站在光秃的枝丫上，快乐地喳喳着。淡淡的阳光，从枝头筛落下来，泊一片浅粉的温暖。

这是记忆里的家园，有槐树，有喜鹊，天空干净得像一块白棉布。以至于多年后，我在别处一看到槐树和喜鹊，就想到老家，想起儿时。那种亲切，是骨子里的。

糖担子

糖担子进村，多在年脚下。一人，一扁担，扁担两头各拴一个筐。那两个筐，简直神奇得跟百宝箱似的，那是把一个世界的甜和好，全装在里面。现在想来，那里面装着的，不过是些麦芽糖，不过是些花花绿绿的玉球、彩带什么的。

当第一声"当当当"的铜锣响，从村外隐隐传过来，耳尖的孩子，早已听到了。他奔走相告，糖担子来了！糖担子来了！空气立即沸腾起来，我们快速地跑回家，屋里屋外，角角落落，拼命翻找，破塑料纸、破布条、旧鞋底、牙膏壳、碎铁片……无一放过，一时间鸡飞狗跳。

这个时候，芳总是最镇静，她不慌不忙地走回家，捧出一沓的破烂来：破塑料纸扎成一捆；废纸片儿扎成一捆；硬纸盒子扎成一捆。那都是她平时积攒的。上学的路上，她自备一竹签子，遇到破烂，就挑到她的竹签上去。哪怕是巴掌大的一张小纸片，她也绝不放过。每每放学归来，她的竹签上，总少不了一些"战果"。大人们见着了，都感叹，芳这孩子，从小就晓得过日子呢。

我们眼馋地看着芳，她用她的破烂，换了一堆东西：几大块麦芽糖，花花绿绿的扎头绳，花花绿绿的丝线，亮闪闪的顶针箍，漂亮的发夹。而我们的破烂，只够换一小块麦芽糖的，白蛾子似的，躺在我们的手掌心。

哪里舍得一口吞下？伸了舌头，慢慢舔，糖的甜，一点一点在嘴里洇开。我们在心里发着誓，一定要备一根竹签子，去捡破烂！但等到麦芽糖的甜，从我们的舌尖上消失，我们渐渐忘了自己的誓言，依旧无心无肺地贪玩。

芳念完初中就回家了，后来早早嫁了人，生了两个娃。我大学毕业那年，在村口遇到她，她一手牵一个娃，脸蛋红扑扑的，小日子过得殷实。我们笑说一些过往，说到糖担子，——这都是后话了。

挑糖担子的，基本都是老人，藏青的衣，藏青的裤。以至于在我们的脑海里，形成定式：大凡挑糖担子的，一定是穿藏青的衣、藏青的裤的老人。有时，在村子里看到这样的路人，我们总要追着看半天，理由只有一个：这个人，像个挑糖担子的。

然而，却有了例外。某一年的冬天，糖担子进村，我们看到的，不是老人，而是一个年轻人。瘦削，面皮白，穿一件米色棉衣。惹得一圈人围观，大家一边看他糖担子里的东西，一边打量他，终于有人问了，你娶媳妇了没？

年轻人只是微笑，不大说话。他麻利地给那些破烂儿称斤两，麻利地敲下一块块麦芽糖。大家笑着接过，那一天的话题里，少不了这个年轻人。

这个年轻人，后来拐跑了张家姑娘，那是过年后的事。村子里因这事沸沸扬扬，大家碰到一起，总有人神秘地问，张家姑娘回来了吗？那些天，张家人出门都低着头，觉得姑娘做了件丑事，很是见不得人的。我们小孩子心里却生了另外的羡慕和向往——这下子张家姐姐可掉进糖缸里了，天天吃糖呢。

再见到张家姑娘，她抱着一个幼小的孩子回了娘家，脸上凄凄然，看不出幸福。村人们背后小声议论，说那个年轻人，家里穷得丁当响，对她不好，在家里老是打骂她。

我们小小的心，在一边听得揪揪的，怎么会呢怎么会呢？这件事一直到长大后我才明白，想象是想象，现实是现实，想象与现实，总是有些距离的。

田螺变成的小姑娘

小时，家穷，住茅草屋，喝菜煮的稀饭。稀饭照得见人影，喝时，看见自己扎着红头绳的羊角辫在碗里晃，用筷子搅搅，羊角辫不见了，碗里色彩缤纷。很满意这种玩法，总是一而再再而三地进行。小小的心，掉在碗里。

伙伴总是很多，比现在的孩子多得多。往往是饭碗还没搁下，门口已站着几个等着了。一呼百应，一领一大群。泥块是最理想的玩具，过家家时，它能砌成小小的房子，能搭成像模像样的锅台。玩打仗时，它是最具轰炸力的"手榴弹"。它还能做成我们所能想象的点心的样子。

冬天，屋檐下垂下长长的冰凌，晶莹剔透，在阳光下璀璨。远望去，像水晶门帘。我们伸出冻成红萝卜的小手，够一根在手里，比赛谁的最长。

更多的冬天，下雪。梨花般的雪花，在屋外整日整夜地下。祖母的小铜炉取出来了，我们几个小人团团围着小铜炉坐，唱起这样的歌谣："雪花飘飘，馒头烧烧，吃吃困困，两头香喷喷。"歌谣中的馒头，成了我们最真切的向往。姐姐说，长大后，她要蒸一箱子的馒头。我和弟弟一齐叫起来，一箱子啊，那是多少啊！

祖母的故事，往往这个时候开始。从前啊——祖母每每这样开头。

我们一听她说从前，就知道她要讲田螺姑娘的故事了，听过千遍万遍了。但我们还是支起下巴，饶有兴趣地听。

后来，田螺姑娘嫁给了这个庄稼汉，从此，他们一起过上了好日子。祖母讲到这儿，总会顿一顿，眼睛眯缝起来，满足地叹上一口气，说："人还是要做好人啊，好人是有好报的，那田螺姑娘是来报恩的呢。"

哦——我们点头，陷入长长的神秘的想象里。这个故事过去很长一段时间，我都怀疑自己，就是那个田螺变成的小姑娘。

掸　尘

在我们老家，掸尘是家家户户腊月底必做的一件事，而且是头等大事。那几日，村民们遇见了，都要笑问一句："你家掸尘了吗？"就像问你家有没有蒸馒头似的。不掸尘，是没法过年的。

我家掸尘，一般都放在除夕前一天，由一家之主的父亲宣布。他声音洪亮，像念京剧道白般地念一句："小儿郎们，今天，家里开始掸尘了！"于是我们忙乎起来，烧水的烧水，搬桌椅的搬桌椅，兴奋得跟小猴子似的。

一根长长的竹竿，上面拴一把笤帚，被父亲举着。父亲仰着头，由房间到堂屋，一通猛扫，屋顶、墙壁、墙旮旯都被扫个遍。就没见过那么多灰尘，满屋子乱窜，调皮着，迟迟不肯落下，空气中满是尘土味。

我们在尘埃里跑进跑出，头上、衣服上沾着尘土，都不去管它。我们把些小物件，泡到水里擦洗。放果子的果盘，喝茶用的杯子，甚至母亲的陪嫁——一面小铜镜，也被我们放到水里。所有的物件，都被擦得亮晶晶的，让人舍不得用手去摸。

太阳很好地照着，屋外的树上，喜鹊们叫得欢。光秃秃的树枝上，息着阳光。母亲的头上，蒙着毛巾，只露出两只眼，像撒哈拉沙漠里的女人。母亲从院子里的桃树底下走过来，母亲身上，洋溢着快乐的气息。她愉快地给父亲打下手，擦家里的床、椅子，还有所有的箱箱笼笼。那些塞满旧物的抽屉，被母亲一个一个清理出来，从里面会倒出诸如螺丝钉、弟弟的玻璃球，和我遍寻不见的扎头绳之类的东西。运气好的话，还会倒出几枚硬币来。在当时，一分钱的硬币可以买到一颗水果糖。我们兄妹几个，眼睛亮亮地跳过去，这意外的硬币，母亲很宽容地让我们拿了。

　　傍晚时分，掸尘结束，所有的家具，各归各位。不同的是，它们如同孩子洗净的脸，泛出久违的光泽来。我们住惯的房子，也不同了，到处鲜亮着，怎么看怎么漂亮。有那么一刻，幸福落在我们纯净的心上，我们相互看着，爱着，就等着年的到来。

乡下的年

乡下的年，是极为隆重的。

从进入腊月起，人们便开始着手为年忙活。老人们搬出老皇历，坐在太阳下，眯缝着眼睛翻，哪天宜婚嫁，哪天祭神，哪天祭祖，一点不含糊。村庄变得既庄严又神秘。

蒸笼取出来了。井水里清洗，大太阳下一溜排开了暴晒。孩子们望着蒸笼，一遍一遍问，什么时候蒸馒头啊？什么时候做年糕啊？大人答，快了，快了。这等待的过程真叫熬人。看看天，那太阳怎么还不西沉，日子怎么还不翻过一页去！灰喜鹊站在光秃秃的树上，欢天喜地叫着。喜鹊也知道要过年么？孩子们也仅仅这么想一想。那边的鞭炮在响，噼噼啪啪，噼噼啪啪，震得小麻雀们慌张地飞，眼前一片红在闪。娶新娘子呢。一溜烟跑过去。一路上，全是看热闹的人。

也终于盼到家里蒸馒头了。厨房里烟雾弥漫。门前早就摊开几张篾席，一蒸笼一蒸笼的馒头，晾在上面。孩子们跳着进进出出，敞开肚皮吃，直吃到馒头堵到嗓子眼。门前不时有人走过，一脸的笑嘻嘻。不管平日关系是亲是疏，这时候，定要被主家拖住，歇上一脚，尝一尝馒头的味道。他们站着亲密地说话，说说馒头发酵发得有多好，问问年货准备得怎么样了。空气变得又酥又软，对着它轻轻咬上一口，唇齿仿佛都是香的。

河里的鱼,开始往岸上取了。一河两岸围满观看的人。鱼在河里扑腾。鱼在渔网里扑腾。鱼在岸上扑腾。翻着白身子。人们的眼光,追着鱼转,心里跳动着热腾腾的欢喜。多大的鲲子啊,往年没见过这么大的呢,人们惊奇着。——往年真没见过吗?未必。可人们就是愿意相信,今年的,就是比去年的好。

河岸上撒满被渔网带上来的冰碴碴,太阳照着,钻石一样发着光。孩子们不怕冷,抓了冰碴碴玩,衣服鞋子,都是湿的。大人们这个时候最宽容了,顶多是呵斥两声,让回家换衣换鞋。却不打。腊月皇天的,不作兴打孩子的,这是乡下的规矩。孩子们逢了赦,越发的"无法无天"起来,偷了人家挂在屋檐下的年货——风干的鸡,去野地里用柴禾烤了吃。被发现了,也还是得到宽容,过年么!过年就该让孩子们野野的。

家里的年货,一样一样备齐了,鸡鸭鱼肉,红枣汤圆,还有孩子们吃的糖和云片糕。糖和云片糕被大人们藏起来,不到年三十的晚上,是绝不会拿出来的。孩子们虽馋,倒也沉得住气,看得见的甜就在那里,不急,不急。

掸尘是年前必做的大事。大人小孩齐动手,家里家外,屋前屋后,悉数被打扫得干干净净。甚至连墙旮旯的瓶瓶罐罐也不放过,都被擦洗得锃亮锃亮的。

多干净啊。旧年的尘埃,不带走一点点。新年是簇新簇新的,孩子们在洁净的门上贴春联:穿花洋布,吃大肥肉。这是望得见的幸福。猪啊羊啊跟着一起过年,猪圈羊圈上贴上横批:六畜兴旺。

零碎的票子已备下了,那是给卖唱的人的。年三十一过,唱道情打竹板的就要上门来了。自编自谱的曲儿,一男一女。或是一个男人,倚着门唱:东来金,西来银,主家财宝满屋堆。声音闪着金属的光芒。到那时,年的气氛,达到高潮。